Charmed

Tanz der Dämonen

Charmed

Zauberhafte Schwestern

Tanz der Dämonen

Roman von
Laura J. Burns

Aus dem Amerikanischen
von Bettina Oder

vgs EGMONT

Bibliografische Information der Deutschen Bibliothek
Die Deutsche Bibliothek verzeichnet diese Publikation in der Deutschen Nationalbibliografie; detaillierte bibliografische Daten sind im Internet über http://dnb.ddb.de abrufbar.

Erstveröffentlichung bei Simon Spotlight Entertainment
An imprint of Simon & Schuster Children's Publishing Division,
New York 2006.
Titel der amerikanischen Originalausgabe:
Sweet Talkin' Demon von Laura J. Burns

Das Buch »Charmed – Zauberhafte Schwestern. Tanz der Dämonen« von Laura J. Burns entstand auf der Basis der gleichnamigen Fernsehserie von Spelling Television, ausgestrahlt bei ProSieben.

1. Auflage 2006

Redaktion: Sabine Arenz
Lektorat: Ralf Schmitz
Produktion: Sandra Pennewitz
Titelfoto: © Spelling Television Inc. 2006
Satz: Greiner & Reichel
Printed in Germany
ISBN 3-8025-3574-X
Ab 01. 01. 2007:
ISBN 978-3-8025-3574-1

www.vgs.de

1

»Wahnsinn! Du siehst aber heiß aus«, rief Phoebe Halliwell und blieb in der Tür zur Küche ihres viktorianischen Hauses stehen. Ihre ältere Schwester Piper trug ein hautenges schwarzes Cocktailkleid und High Heels mit Stilettoabsatz. Ihr langes dunkles Haar hatte sie zu einem eleganten French Twist à la Audrey Hepburn aufgesteckt. Und auf ihrer Hüfte schaukelte sie ihr Baby, Wyatt.

»Danke. Ich hoffe nur, ich komme ohne Sabberspuren auf meinem Kleid davon«, scherzte Piper. »Du siehst übrigens auch nicht übel aus.«

Phoebe drehte sich einmal um sich selbst, um den weiten Rock ihres pinkfarbenen Kleides gebührend zur Schau zu stellen. »Meinst du, das ist zu auffällig für einen Wohltätigkeitsball?«, fragte sie. »Noch könnte ich mich umziehen.«

»Schon wieder?« Ihre Halbschwester, Paige Matthews, kam hereingestürmt und schnappte sich Wyatt. »Du hast doch schon vier Outfits ausprobiert.« Sie schnitt dem Baby eine Grimasse und wirbelte mit ihm durch die Küche.

»Schließlich kommt das Geld dem Museum zugute. Es wird jede Menge Presse da sein«, betonte Phoebe. »Ich muss einfach umwerfend aussehen.«

Piper hob eine Augenbraue – ihr patentierter skeptischer Blick.

»Na, ich repräsentiere doch die Zeitung«, erklärte Phoebe. »Da muss ich so gut wie möglich aussehen, damit der *Bay Mirror* gut dasteht.«

»Oh, ich bitte dich!« Paige kicherte. »Du ziehst dich ja schon viermal um, bevor du morgens aus dem Haus gehst.«

»Aus demselben Grund«, erwiderte Phoebe. »Um für die Zeitung gut auszusehen!« Sie arbeitete nun schon eine ganze Weile als Ratgeberkolumnistin für diese Zeitung in San Francisco und sah es als ihre Pflicht an, sich so modisch wie möglich zu kleiden. Denn wer wollte schon Ratschläge in Sachen Romantik von einer Frau, die aussah, als hätte sie Probleme, auch nur *ein* Date zu ergattern?

»Wyatt hat schon ein Nickerchen gemacht, also sollte er jetzt für die nächsten paar Stunden wach sein«, teilte Piper Paige mit. »Vielen Dank fürs Babysitten. Ich weiß, dass es ein Opfer ist, am Samstagabend zu Hause zu bleiben.«

»Machst du Witze? Wyatt ist der niedlichste Typ, mit dem ich seit langem einen Samstag verbracht habe«, sagte Paige grinsend. »Und außerdem ist es ein wichtiger Tag für Leo und dich. Hochzeitstag hat man schließlich nur einmal im Jahr.«

»Wo ist Leo eigentlich?«, fragte Phoebe. »Ihr seid alle fertig, und er ist noch nicht einmal zu Hause!«

Piper runzelte die Stirn und wischte ein paar Flusen von ihrem Kleid. »Ich weiß. Er hätte schon vor einer Stunde hier sein sollen. Zurzeit kommt er ständig zu spät.«

»Vielleicht gibt es für Wächter gerade viel zu tun«, vermutete Phoebe. Pipers Mann war ein *Wächter des Lichts*, was bedeutete, dass es seine Aufgabe war, Hexen wie Piper, Phoebe und Paige zu beschützen. Natürlich war er viel mehr für sie als nur ein *Wächter des Lichts.* Außerdem brauchten die drei Schwestern in letzter Zeit nicht mehr so viel Schutz. Wenn sie ihre Kräfte vereinten, waren sie so ziemlich die mächtigsten Hexen, die es gab. Zusammen verfügten sie über die Macht der Drei und damit über eine Kraft, die man kaum hoch genug einschätzen konnte. Viele von

Leos anderen Schützlingen brauchten ihn sehr viel mehr als sie.

»Ich weiß auch nicht, warum er in letzter Zeit dermaßen mit Arbeit überhäuft ist«, beklagte sich Piper. »Es sind doch im Moment gar keine schrecklich bösen Mächte am Werk, jedenfalls soweit wir das wissen. Also, warum haben seine Schützlinge so viele Probleme?«

»Mach dir bloß nicht so viele Gedanken, er wird schon kommen«, sagte Paige. »Schließlich ist heute euer Hochzeitstag. Und du bist die Liebe seines Lebens. Er kann also gar nicht anders.«

Piper nickte. »Seit ich Wyatt bekommen habe, werde ich das Gefühl nicht los, dass aus meiner Beziehung mit Leo alles Aufregende verschwunden ist. Wir sind so damit beschäftigt, uns Sorgen zu machen, Zeitpläne aufzustellen und mit dem Baby zu spielen – vom Windeln wechseln gar nicht zu reden –, dass wir so gut wie gar keine Zeit mehr für uns haben. Wir brauchen wirklich ganz dringend mal ein schönes, romantisches Abendessen, um wieder zur Besinnung zu kommen.«

Ein Lichtwirbel erfüllte den Raum und Leo erschien. Sein blondes Haar war völlig zerzaust, und seine grünen Augen blickten besorgt und beunruhigt. Phoebe durchzuckte ein Gefühl der Sorge. Ihr Schwager sah einfach furchtbar aus.

»Du siehst schrecklich aus«, sagte Paige.

»Danke«, erwiderte er sarkastisch und blickte sie an. Er rang sich ein Lächeln für Wyatt ab und wandte sich dann an Piper.

»Wir haben in zwanzig Minuten reserviert, und du bist immer noch nicht umgezogen«, ermahnte sie ihn. »Du solltest besser gleich nach oben orben, ich glaube nicht, dass die Zeit noch reicht, um zu Fuß zu gehen.«

Leo verzog das Gesicht. »Es tut mir furchtbar Leid, Liebling«, sagte er. »Aber ich kann nicht mitkommen.«

Oh-oh!, dachte Phoebe. Sie warf Paige einen raschen Blick zu und die beiden begannen wie auf Kommando, sich in Richtung Küchentür zu bewegen. Offenbar drohte eines dieser Gespräche, mit denen sie auf gar keinen Fall etwas zu tun haben wollten.

»Es tut dir Leid?«, wiederholte Piper mit eisiger Stimme. »Und wohin kannst du nicht mitkommen? Ich nehme nicht an, dass du von dem Abendessen zu unserem Hochzeitstag sprichst, denn absagen kommt nicht in Frage.«

»Piper, ich fühle mich echt mies deswegen«, sagte Leo. »Aber ich habe einen Schützling, der ganz furchtbar in der Klemme sitzt –«

»Und du hast einmal im Jahr Hochzeitstag«, unterbrach Piper ihn. »Warum kann sich denn nicht wenigstens einen Abend lang mal jemand anders um deinen Schützling kümmern?«

»Weil Kerria *mein* Schützling ist«, erwiderte Leo. »Ich würde mich nicht wohl dabei fühlen, sie im Stich zu lassen.«

Paige verzog das Gesicht und stürmte mit Wyatt aus dem Zimmer. Phoebe folgte ihr, so schnell sie konnte. Piper würde über die letzte Bemerkung nicht sehr glücklich sein, wie sie beide nur zu gut wussten.

»Ach, aber deine Frau kannst du ruhig im Stich lassen?«, drang Pipers Stimme an Phoebes Ohr, während sie sich aus dem Staub machte. Dann war sie endlich in der Eingangshalle und außerhalb der Reichweite des Knalls, der nun unweigerlich folgen musste.

Paige hatte sich ins Wohnzimmer geflüchtet. »So was Blödes«, meinte sie, als Phoebe das Zimmer betrat. »Ich kann es nicht fassen, dass sich Leo vor ihrem Hochzeitstag drücken will.«

»Es muss etwas wirklich Ernstes sein«, sagte Phoebe, »sonst würde er es nicht riskieren, Pipers Zorn auf sich zu ziehen.«

»Aber sie hat doch Recht«, entgegnete Paige. »Er könnte einen anderen Wächter bitten, ihn zu vertreten. Oder die Ältesten könnten jemand anderes einteilen. Ich würde es ja machen, aber ich muss schon auf Wyatt aufpassen.« Paiges Abstimmung war zur Hälfte *Wächterin des Lichts* und zur Hälfte Hexe, deshalb bemühte sie sich immer, beide Seiten eines Problems zu sehen.

»Ich würde auch helfen, aber wenn ich nicht zu dieser Veranstaltung gehe, werde ich gefeuert.« Phoebe seufzte. »Arme Piper. Wo sie sich so fein gemacht hat und alles. Das ist das Schlimmste.«

»Was?«, fragte Piper, die in diesem Moment ins Wohnzimmer gestürmt kam. »Dass dein Ehemann dich versetzt oder dass er mitten in einem Streit wegorbt?«

Phoebe zuckte zusammen. »Er ist wirklich einfach weggeorbt?«

»Während ich mitten in einem Satz war«, bestätigte Piper. »Ist das zu glauben? Es ist so ... so ...«

»... unhöflich?«, warf Phoebe ein.

»... rücksichtslos?«, schlug Paige vor.

Piper blickte zwischen den beiden hin und her. »Verletzend wollte ich sagen.« Mit unglücklicher Miene ließ sie sich auf die Couch fallen. »Noch nicht mal unser Hochzeitstag interessiert ihn. Unsere Beziehung muss in einem noch schlechteren Zustand sein, als ich angenommen habe.«

Phoebe setzte sich neben sie. »So was darfst du nicht einmal denken«, sagte sie. »Natürlich ist Leo das wichtig. Er macht sich einfach nur zu viele Sorgen um das, was mit seinem Schützling los ist. Warte es nur ab, er kommt heute Abend sicher mit drei Dutzend Rosen nach Hause und wird den Rest der Woche damit verbringen, dich um Verzeihung zu bitten.«

»Na toll«, sagte Piper. »Und in der Zwischenzeit feiere ich meinen Hochzeitstag alleine.«

»Also, Wyatt und ich werden dir mal zeigen, wie man Spaß hat«, sagte Paige. »Wir haben vor, so richtig einen draufzumachen und uns die Zeit mit ›Ei, wo ist denn das Baby?‹ zu vertreiben.«

»Kommt gar nicht in Frage. Das wäre ja eine Verschwendung für dein Wahnsinnsoutfit«, erklärte Phoebe. »Du kommst mit mir zu der Wohltätigkeitsveranstaltung.«

Piper starrte sie überrascht an.

»Was denn? Ich habe sowieso keinen Begleiter«, sagte Phoebe. »Wie gewöhnlich. Und du bist schon perfekt dafür angezogen. Also komm mit. Bitte! Dann fühl ich mich nicht ganz wie eine Totalversagerin.«

»Du bist keine Totalversagerin«, widersprach Piper. »Du befindest dich bloß gerade in einer kleinen Rendezvousflaute.«

»Diese Flaute dauert aber schon zwei Monate. Das ist wohl eher eine Art Rendezvoustrockenzeit«, erwiderte Phoebe. »Und deshalb weigere ich mich, Mitleid mit dir zu haben, nur weil dein Mann zu tun hat. Wenigstens hast du jemanden, dem du einen Gutenachtkuss geben kannst.«

»In letzter Zeit eher nicht«, murmelte Piper.

»Das reicht jetzt. Du gehst auf jeden Fall mit Phoebe«, verkündete Paige. »Du brauchst dringend mal einen lustigen Abend. Sonst sitzt du doch nur hier rum und grübelst über Leo nach.«

Piper biss sich auf die Unterlippe. »Es ist wirklich schon ein Weilchen her, seit ich das letzte Mal ausgegangen bin und ein bisschen Dampf abgelassen habe.«

»Und der Babysitter steht schon bereit«, rief Paige.

Phoebe sprang auf und hielt Piper ihre Hand hin. »Dann lass uns gehen, Schwesterherz. Wir werden jede Menge Spaß haben, das garantiere ich dir.«

»Habe ich dir nicht gleich gesagt, dass wir Spaß haben werden?«, fragte Phoebe eine Stunde später. »Guck dir bloß mal diese Eisskulptur an!« Sie warf einen heimlichen Blick auf die lebensgroße Kopie eines Akts von Matisse aus kaltem, klarem Eis.

»Ich persönlich interessiere mich mehr für die Hors d' œuvres«, antwortete Piper. »Die sind echt große Klasse. Ich frage mich, wer der Küchenchef ist.«

Phoebe lächelte in sich hinein. Piper war früher Köchin gewesen, bevor sie die Leitung des Nachtclubs übernommen hatten, den sie besaßen, das *P3*. Die Tatsache, dass sie an der Museumsgala ein berufliches Interesse zeigte, war ein Anzeichen dafür, dass sie langsam über Leos unrühmlichen Abgang hinwegkam. Phoebes Aufheiterungsplan funktionierte also! Nicht nur das, die Wohltätigkeitsveranstaltung selbst schien ein voller Erfolg zu werden. Der eindrucksvolle Lichthof des Museums für moderne Kunst war einfach perfekt geschmückt, der Champagner floss in Strömen, und Phoebe hatte in der Menge gut gekleideter Partygänger wenigstens drei Prominente entdeckt.

»Fragen Sie Phoebe!«, rief eine blonde junge Frau mit Pferdeschwanz und riesigem Fotoapparat. »Bitte lächeln!«

Phoebe wirbelte Piper herum, sodass sie in die Kamera schaute, und grinste breit, während die Fotografin ihr Bild schoss.

»Was sollte das denn?«, fragte Piper.

»Machst du Witze? Eine Party wie die hier wird auf jeden Fall auf der Gesellschaftsseite gebracht«, sagte Phoebe. »Und dann sind es vielleicht wir beide, die das bewundernde Publikum anlächeln.«

Piper schnaubte. »Ich dachte, hier geht's um die gute Sache und nicht um Publicity.«

»Tut's ja auch«, sagte Phoebe. »Das Museum eröffnet einen neuen Flügel, der aufstrebenden Künstlern aus der Dritten Welt gewidmet ist. Aber wenn so eine große, angesagte Party veranstaltet wird wie diese hier, dann heißt das, dass jede Menge reiche Leute kommen, und die reichen Leute geben jede Menge Geld, um den Künstlern zu helfen.«

»Und was genau machen *wir* dann hier?«, fragte Piper.

»Oh, die Zeitung unterstützt das Museum eigentlich immer. Und ich hatte einfach das Glück, die Karten für diese Gala zu ergattern, weil meine Chefin diese Woche nicht da ist«, erklärte Phoebe. »Normalerweise lässt sie sich so etwas nicht entgehen.«

Als das Streichquartett aufhörte zu spielen, hallte ein lautes Klopfen durch den Saal. Ein hochgewachsener, schlanker junger Mann mit blondem Haar klopfte auf das Mikrofon und verursachte damit einen weiteren Knall.

»Aua!«, rief Phoebe. »Macht das doch leiser!« Ein paar Leute in ihrer Nähe hielten sich die Ohren zu, um das widerwärtige Kreischen, das das Mikrofon jetzt von sich gab, zu dämpfen. Phoebe fragte sich, wer der Kerl sein mochte – hatte er denn noch nie ein Mikrofon benutzt?

»Ich schätze, es ist an«, sagte der blonde Typ mit einem schiefen Lächeln. »Tut mir Leid. Ich bin es nicht gewohnt, vor Publikum zu sprechen.«

Alle lachten, und Phoebe lachte mit ihnen, ohne den Grund dafür zu kennen. Der Junge war echt niedlich!

»Mein Name ist Daniel Lemond, und ich bin einer der Organisatoren des heutigen Abends«, fuhr der Typ fort. »Im Namen des San Francisco Museums für moderne Kunst möchte ich Ihnen danken, dass Sie zu unserem kleinen Beisammensein gekommen sind. Ohne die Unterstützung von Menschen wie Ihnen könnten wir ein derartig ehrgeiziges Projekt nicht verwirklichen.«

»Wer ist das?«, murmelte Piper. »Der sieht so gut aus – das Museum sollte sein Bild auf sämtlichen Führern und Broschüren abdrucken.«

Phoebe lachte. Ihr war Daniel in der Menge gar nicht aufgefallen, aber als er nun weiter das neue künstlerische Projekt beschrieb, ließ sie ihn keine Sekunde aus den Augen. »Wow, diese Sache scheint ihm wirklich mächtig wichtig zu sein!«, flüsterte sie Piper zu. »Er glüht ja förmlich, wenn er nur davon spricht.«

»Ich möchte Ihnen jetzt gerne die allererste Künstlerin vorstellen, die vom Museum gesponsert wird«, sagte Daniel. »Sie hat in ihrer Heimat Kambodscha wirklich Unglaubliches auf dem Gebiet der Bildhauerei geleistet. Bitte begrüßen Sie mit einem herzlichen Applaus Sovann Duong.«

Phoebe und Piper klatschten zusammen mit den anderen Gästen Beifall, als eine hübsche junge Frau ans Mikrofon trat und ein paar Worte in stockendem Englisch sprach. Als Nächstes kam der Museumskurator und erklärte, wie das neue Programm genau funktionierte.

»Komm, wir gehen«, sagte Piper und zog Phoebe am Arm.

»Häh? Wohin denn?«, fragte Phoebe. »Hast du schon genug?«

»Nein, ich möchte, dass du mit diesem Mann sprichst«, sagte Piper. »Du weißt selbst, dass du das unbedingt willst.«

»Mit welchem Mann?«, fragte Phoebe, konnte aber nicht verhindern, dass sich auf ihrem Gesicht ein gewaltiges Grinsen ausbreitete. Sie hatte Daniel Lemond nicht aus den Augen gelassen, seit er vom Mikrofon zurückgetreten war. Er stand jetzt auf einer Seite des Podiums und spielte an der Fliege seines Smokings herum. Er war einfach göttlich.

»Mit dem, der sich für Künstler aus der Dritten Welt interessiert und außerdem noch weiß, wie man eine Wahnsinnsparty wie diese hier schmeißt«, sagte Piper. »Dem, den du in den letzten zehn Minuten dauernd mit sehnsüchtigen Augen angestarrt hast.«

»Ich weiß nicht so recht. Findest du, es ist geschmacklos, einen Mann auf einer Wohltätigkeitsveranstaltung anzumachen?«, fragte Phoebe. »Ich meine, er ist doch wahrscheinlich bloß ein professioneller Eventmanager, der hier einfach nur seinen Job macht.«

»Na und?«, wischte Piper ihren Einwand weg. »Denkst du denn, es wäre geschmacklos, wenn dich ein Mann bei der Arbeit anmachen würde?«

»Nein. Ich würde es allerdings ziemlich seltsam finden, wenn irgendein Fremder in meinem Büro sitzen und mir beim Tippen zugucken würde«, gab Phoebe zurück.

»Sag doch einfach nur mal Hallo«, schlug Piper vor. »Bitte! Eine von uns sollte ein wenig Romantik in ihrem Leben haben, und zurzeit bin das definitiv nicht ich.«

Phoebe tätschelte ihrer Schwester mitfühlend die Schulter. »Tut mir echt Leid wegen Leo.«

»Ich möchte jetzt nicht darüber reden«, entgegnete Piper. »Ich möchte einfach nur, dass du an meiner Stelle ein bisschen was erlebst. Also, zisch ab und erzähl unserem heißen Mr Daniel Lemond, dass du seine Party ganz fantastisch findest.«

»Na gut.« Phoebe fuhr sich mit den Fingern durchs Haar und setzte ein Lächeln auf. »Heißer Mr Daniel Lemond, noch haben Sie nicht die geringste Ahnung, was da gleich auf Sie zukommt!«

»Hier kommt die Tufftuff«, sagte Paige mit singender Stimme. Sie ließ den kleinen Plastiklöffel durch die Luft gleiten und sich dabei ruckweise wie ein Zug nach vorne auf Wyatts Mund zu bewegen. »Und ab mit ihm in den Tunnel!« Sie hatte eigentlich erwartet, dass er seinen Mund öffnen und sich füttern lassen würde.

Stattdessen öffnete er seinen Mund – und nieste auf den Löffel mit seinem Happahappa. Anschließend brach er in Tränen aus.

»Na, so was.« Paige lehnte sich zurück und starrte ihren Neffen an. »Ich hätte nie gedacht, dass ein Niesen so schrecklich sein könnte.« Obwohl, jetzt, wo sie darüber nachdachte, fiel ihr auf, dass Wyatt an diesem Abend ziemlich häufig geniest hatte. Und seit Piper und Phoebe zu der Museumsgala aufgebrochen waren, war der Kleine schlecht gelaunt. Sie hatte angenommen, dass er einfach nur seine Mutter vermisste, aber auf einmal war sie sich nicht mehr so sicher.

»So, jetzt trocknen wir mal unsere Tränchen, okay?«, sagte sie. Sie nahm Wyatt aus seinem Hochstuhl, setzte ihn auf ihren Schoß und spielte ein bisschen Hoppereiter mit ihm, damit er aufhörte zu weinen. Aber selbst nachdem er zu schreien aufgehört hatte, schluchzte er immer noch leise vor sich hin. Sein kleines Gesicht war ganz rot, und er hörte nicht auf, sich die Augen zu reiben.

»Du siehst aus wie ich nach einer richtig schlimmen Nacht, in der ich gegen jede Menge Dämonen gekämpft habe«, scherzte Paige. »Oder nach einer tollen Nacht auf einer echt heißen Party.«

Wyatt sah sie nur aus großen, traurigen Augen an.

»Ich weiß ja, dass du noch nicht sprechen kannst«, sagte Paige, »aber du drückst dich trotzdem wirklich ganz ausgezeichnet aus, mein Kleiner. Dir geht's gar nicht gut, oder?«

Wyatt nieste. Dann nieste er noch einmal. Und dann fing er an zu husten.

»Oh, mein armer Kleiner.« Paige drückte ihn fest an sich. »Du bist erkältet. Du klingst wirklich ziemlich schlimm.«

Wyatt drehte und wand sich in ihren Armen und versuchte, sich aus ihrem Griff zu befreien. Aber sobald sie ihn losließ, fing er wieder an zu weinen. Das arme Kind wusste selbst nicht, was es wollte. Paige verstand nur zu gut, wie der Kleine sich fühlte. Ihr konnte auch niemand helfen, wenn sie eine Erkältung plagte.

»Ich wünschte, ich könnte etwas für dich tun«, sagte sie

ihm. »Vielleicht etwas Echinacea ...« Sie verstummte, als ihr eine Idee kam. Echinacea war doch ein Heilkraut, oder nicht? Und hier in Halliwell Manor hatten sie mehr als genug davon, weil sie Kräuter für ihre Zaubertränke brauchten. Man könnte also sagen, dass ein Zaubertrank nichts anderes war als ein großer Kräuter-Milchshake. Und was sprach dagegen, dem kleinen Wyatt einen solchen zu geben?

Sie sah ihn lange an und dachte darüber nach. Eine der wichtigsten Regeln für eine Hexe besagte, dass man Magie nicht zum eigenen Vorteil einsetzen durfte. Aber es zählte doch sicher nicht als persönlicher Vorteil, einen Trank herzustellen, der eine Erkältung bekämpfte, die jemand anders hatte. Oder? Und wo sie schon mal dabei war, einen Zaubertrank anzurühren, konnte sie auch gleich noch den passenden Anti-Erkältungszauberspruch schreiben.

»Wyatt, du musst jetzt mal ein bisschen still sitzen«, sagte sie und hob ihn wieder in seinen Hochstuhl. »Gleich geht's dir wieder besser!«

Sie stürzte zu den Küchenschränken und raffte verschiedene Fläschchen und Döschen voller Kräuter zusammen. Zaubertränke herzustellen war eine ihrer Lieblingsbeschäftigungen als Hexe, und seit sie vor ein paar Jahren von ihrem magischen Erbe erfahren hatte, arbeitete sie beständig daran, ihre Fähigkeiten zu perfektionieren. »Wir fangen mit Salbei an, das ist ja klar – jeder weiß, dass Salbei gut gegen Erkältungen ist. Und dann werde ich etwas Beifuß kochen, damit du keine Halsschmerzen bekommst, und Kamilleblüten, um deine armen kleinen Nebenhöhlen abschwellen zu lassen. Oh, und nicht zu vergessen: Rotklee gegen deinen Husten. Und natürlich Sonnenhut.«

Wyatts einzige Antwort bestand in einem einzigen, lauten Niesen.

Paige behielt ihn im Auge, während sie den Zaubertrank mischte. Als sie schließlich damit fertig war, war er in seinem Hochstühlchen eingeschlafen. Ich schätze, ich werde den Zauberspruch flüstern müssen, dachte sie. Sie ging auf Zehenspitzen zu Wyatt hinüber und betrachtete dann nachdenklich die Flasche mit dem Trank in ihrer Hand. Da er ausschließlich aus Heilkräutern bestand, konnte sie ihn eigentlich in ein Fläschchen füllen und das Baby trinken lassen. Aber trotz allem war und blieb es ein Vernichtungszauber. Und wenn sie mit ihren Schwestern Dämonen vernichtete, warfen sie den Trank auf den Dämon. Aber sollte sie Wyatt wirklich mit einem Vernichtungszauber bewerfen?

Er hustete im Schlaf.

Der Ärmste fühlt sich bestimmt ganz elend, sagte Paige zu sich selbst. Die Erkältung könnte genauso gut ein Dämon sein! Sie warf den Trank auf das Tischchen des Hochstuhls, sodass die Flasche zerbrach und der Inhalt aufgewirbelt wurde und Wyatt einhüllte. Währenddessen sagte sie rasch ihren Spruch auf:

Krankheit, die uns Menschen quält,
Hebe dich hinfort.
Besiegt bist du, dein Ziel verfehlt,
Verlasse diesen Ort!

Wyatt zuckte zusammen und wachte überrascht auf. Paige betrachtete ihn prüfend. Sie wartete ab, ob er wieder weinen oder husten oder niesen würde, aber er saß einfach nur ganz ruhig da. Seine blauen Augen blickten klar, und er schniefte auch nicht mehr.

»Wie geht's dir jetzt, mein Großer?«, fragte Paige.

Wyatt griff nach dem Glas mit der Babynahrung, das vor ihm auf dem Tisch stand, aber seine pummeligen kleinen Händchen mühten sich vergebens ab. Paige musste lachen. Appetit war jedenfalls schon einmal ein gutes Zeichen. Er war weder quengelig noch unruhig, noch zeigte er das kleinste Anzeichen einer Erkältung. Trank und Zauberspruch hatten gewirkt!

Sie zog einen Stuhl heran und setzte sich hin, um Wyatt weiterzufüttern. Er aß den ersten Löffel mit wahrer Begeisterung und lächelte Paige an. Sie grinste zurück. »Wer braucht schon ein Medizinstudium, wenn man zaubern kann?«, fragte sie.

»Vielen Dank, dass Sie gekommen sind«, sagte Daniel Lemond, während der Trubel der Museumsgala um ihn herumwirbelte. »Dank Ihrer Unterstützung ist diese Veranstaltung ein voller Erfolg.«

Die kleine alte Dame mit der blonden, hochtoupierten Perücke lächelte ihn an und tätschelte seine Hand. »Sie sind ein guter Junge«, versicherte sie ihm.

»Ähm ... vielen Dank«, stammelte Daniel und versuchte, ihr seine Hand zu entziehen. Doch die kleine alte Dame hielt sie fest und blickte mit glänzenden Augen zu ihm auf.

Phoebe beobachtete Daniels Kampf mit der alten Dame schon seit fünf Minuten. Es kostete sie einige Mühe, nicht in schallendes Gelächter auszubrechen. Daniel war so süß und höflich, er hatte keine Chance gegen eine entschlossene Achtzigjährige. Offensichtlich brauchte er Hilfe.

»Entschuldigen Sie mich bitte«, sagte sie und stellte sich neben die alte Dame.

Die Dame nahm keinerlei Notiz von ihr.

»Entschuldigen Sie mich!«, schrie ihr Phoebe ins Ohr. Diesmal zuckte die Frau zusammen und drehte sich zu ihr um.

»Hallo, ich muss Ihnen Daniel leider mal für ein paar Minuten entführen«, sagte Phoebe laut. »Es gibt da einen Notfall mit den Dessertwagen.«

»Können Sie sich denn nicht darum kümmern, meine Liebe?«, fragte die kleine alte Dame. »Es macht mir solche Freude, mich mit Danny zu unterhalten. Er ist so ein lieber Junge.«

Phoebe warf Daniel einen kurzen Blick zu. Seine Augen waren weit aufgerissen. Er sah fast ängstlich aus. »Das ist er mit Gewissheit«, erwiderte sie. »Und aus diesem Grund ist er ja auch der Einzige, der die Dessertkrise lösen kann.«

Die Dame runzelte die Stirn und ließ Daniels Hand widerstrebend los.

»Danke schön. Ich bringe ihn Ihnen wieder, sobald ich kann«, versprach Phoebe und hakte sich bei Daniel unter. Sie zog ihn aus der Gefahrenzone und zwinkerte ihm dann zu. »Es sah so aus, als könnten Sie Hilfe gebrauchen.«

»Äh ... ich ...« Daniel starrte sie einfach nur an. Er wirkte immer noch etwas benommen.

»Oh-oh!« Phoebe schlug sich die Hand vor den Mund. »Habe ich Ihnen jetzt vielleicht etwas vermasselt? War die Dame etwa eine unglaublich großzügige Kunstmäzenin?«

Daniel entzog ihr seinen Arm und holte tief Luft. »Kenne ich Sie?«, fragte er.

»Nein. Ich bin Phoebe Halliwell. Ich wollte Ihnen nur

sagen … äh, tolle Party«, antwortete Phoebe wenig schlagfertig. Das lief aber ganz und gar nicht wie geplant. Sie hatte sich vorgestellt, Daniel würde mit ihr flirten, und dann würde sie zurückflirten, so wie es halt normalerweise ablief, wenn man sich mit einem süßen Typen bekannt machte, wenn man ein Wahnsinnskleid trug und einem die Haare ausnahmsweise mal keinen Strich durch die Rechnung machten, sondern sich anständig benahmen. Aber Daniel starrte sie an, als ob sie eine Art Monster wäre.

»Ich meine, ich bin unheimlich froh, dass ich herkommen und meine Zeitung repräsentieren durfte. Ich schreibe eine Kolumne für den *Bay Mirror*«, redete sie hastig weiter. »Vielleicht haben Sie sie ja schon mal gelesen? ›Fragen Sie Phoebe‹?«

Er begann, sich von ihr zu entfernen. »Nein.«

»Nun ja, es ist nur eine Ratgeberkolumne. Es hat nichts mit Kunst oder so zu tun«, sagte Phoebe. »Aber ich bin an Ihren neuen Künstlerprojekten sehr interessiert …«

»Danke. Wiedersehen.« Daniel drehte sich um und bahnte sich eilig einen Weg durch die Menge, ohne einen Blick zurückzuwerfen.

Phoebe spürte, wie ihr das Blut in die Wangen strömte. Was war das denn? Der Kerl war doch glatt vor ihr geflüchtet!

»Hey, wie ist es gelaufen?«, fragte Piper, die zu Phoebe herübergeeilt kam. »Hast du seine Nummer?«

Phoebe wirbelte zu ihrer Schwester herum. »Hab ich vielleicht irgendwas zwischen den Zähnen?« Sie grinste breit.

»Nein.« Piper runzelte die Stirn.

»Verschmierter Lippenstift? Verlaufene Mascara?«

Phoebe griff hastig nach Pipers Glas und trank einen Schluck Champagner.

»Äh … nein, nichts davon«, erwiderte Piper. »Warum?«

»Weil sich Daniel Lemond gerade eben so verhalten hat, als ob ich das Widerwärtigste auf der ganzen Welt wäre«, antwortete Phoebe niedergeschlagen. »So viel zu meiner großen Romanze.«

2

»Er hätte auch gleich ›Hilfe, Läuse!‹ schreien und wegrennen können«, beklagte sich Phoebe am Montagmorgen. »Das war so peinlich.«

Auf der anderen Seite des Küchentischs nahm Paige einen großen Schluck Tee und seufzte. »Ich weiß. Schließlich redest du seit zwei Tagen von nichts anderem.«

»Es war aber auch wirklich demütigend. Wer weiß, wie viele Menschen das mitbekommen haben.« Phoebe hielt die Luft an, als ihr ein neuer Gedanke kam. »Was, wenn einer der Fotografen für die Gesellschaftsseiten alles fotografiert hat? Ich sehe die Schlagzeile schon vor mir: ›Fragen Sie Phoebe – wenn Sie wissen wollen, wie man einen Mann am schnellsten in die Flucht schlägt‹. Kein Mensch wird in Zukunft noch meine Kolumne lesen wollen. Ich bin ruiniert!«

»Irgendwie habe ich so meine Zweifel, dass eine möglicherweise nicht ganz so toll verlaufene Unterhaltung mit einem völlig Fremden deine Karriere beenden wird«, meinte Piper vom Herd aus. Sie verrührte mit der einen Hand Eier für ein Omelett, während sie mit der anderen Wyatt in seinem Hochstuhl fütterte.

»Außerdem gibst du ja nicht nur bei Liebesproblemen Ratschläge«, stimmte Paige Piper zu. Sie trank einen weiteren Schluck Tee und verzog das Gesicht. »Es interessiert doch keinen, ob du bei irgendeinem Typen abgeblitzt bist.«

Phoebe sah ihre Halbschwester fragend an. »Was ist denn mit deinem Tee? Jedes Mal, wenn du davon trinkst, verziehst du dein Gesicht.«

»Das liegt nicht am Tee, das liegt an mir«, sagte Paige. »Ich bin heute Morgen mit ganz schrecklichen Halsschmerzen aufgewacht. Ich hatte gehofft, dass mir ein heißer Tee helfen würde, aber das tut er leider nicht.«

»Bäh! Tut mir ja Leid, dass du dich mies fühlst, Kleines, aber bleib mir bitte vom Leib«, bat Phoebe sie. »Ich muss diese Woche die beste Kolumne aller Zeiten abliefern, nur für den Fall, dass ihr beide euch bezüglich meiner zukünftigen Karrierechancen doch irren solltet. Ich kann's mir also nicht leisten, krank zu werden.«

»Und von Wyatt hältst du dich dann auch besser fern«, warf Piper ein. »Leo ist im Moment so gut wie gar nicht zu Hause, also muss ich mich rund um die Uhr um das Kind kümmern. Das fehlte mir gerade noch, dass sich Wyatt jetzt eine Erkältung einfängt.«

»Hat er schon«, sagte Paige. »Aber ich hab ihn wieder gesund gemacht.«

»Wie bitte?«, fragte Piper.

»Als ihr beide auf der Museumsparty wart. Wyatt war krank, also habe ich seine Erkältung mit einem Trank vertrieben.«

»Nicht schlecht«, sagte Phoebe, »aber ich schätze, davor hast du dich noch selbst angesteckt.«

Paige runzelte die Stirn. »Das ergibt doch keinen Sinn. Wenn ich die Erkältung vernichtet habe, dann sollte sie auch ganz und gar verschwunden sein. Und zwar aus uns beiden. Das war ja schließlich kein Zauber, der sich nur auf Wyatt beschränkte.«

»Dann hat's vielleicht nicht richtig funktioniert«, sagte Phoebe.

»Aber Wyatt fühlte sich sofort besser. Und ihm geht's

auch immer noch gut.« Paige hustete und nahm noch einen Schluck Tee. »Ich versteh das einfach nicht.«

»Ich auch nicht. Tut mir Leid.« Phoebe seufzte und stand auf. »Ich muss jetzt zur Arbeit.« Sie ging mit schlurfenden Schritten und düsterer Miene zur Tür.

»Kopf hoch!«, rief Piper ihr nach. »Vielleicht triffst du ja heute Morgen im *Starbucks* einen netten Kerl.«

»Ja klar, und wenn ich versuche, mit ihm zu flirten, ergreift er sofort die Flucht«, rief Phoebe zurück. Sie musste der Wahrheit ins Gesicht sehen. Sie hatte schon seit Monaten nicht das kleinste Liebesabenteuer erlebt, und jetzt verscheuchte sie die Männer auch noch. Dafür gab es nur eine Erklärung: Sie hatte das gewisse Etwas verloren.

»Hey, Phoebe! Wie war denn dein Wochenende?«

Phoebe spähte vorsichtig über den Rand ihrer Kaffeetasse hinweg. Ihr Assistent Ryan grinste sie von seinem Schreibtisch vor ihrem Büro aus an. »Warum? Was hast du denn gehört?«, fragte sie misstrauisch. Hatte es ihre Daniel-Lemond-Erniedrigung etwa tatsächlich bis auf die Gesellschaftsseite geschafft?

Ryans Lächeln gefror. »Häh?«, fragte er verwirrt.

»Ist schon gut«, murmelte Phoebe und steuerte auf ihr Büro zu. »Irgendwelche Nachrichten für mich?«

»Nein. Aber auf deinem Schreibtisch wartet etwas auf dich.« Ryan sprang auf und folgte ihr zur Tür.

»Macht es tickende Geräusche?«, fragte Phoebe. Und dann erblickte sie ihren Schreibtisch und die bezaubernde kleine Vase voller Margeriten, die darauf stand. »Blumen? Von wem sind die denn?«

»Es war keine Karte dabei«, antwortete Ryan, »aber die

Rechnungsadresse war das Museum der modernen Kunst in San Francisco.«

»Oh.« Sie schnappte sich die Vase und stellte sie auf die Fensterbank hinter ihrem Tisch, wo sie sie nicht ständig im Blick haben musste und an die katastrophale Gala erinnert werden würde. »Die kriegt wahrscheinlich jeder, der auf dieser Wohltätigkeitsveranstaltung war. Die haben für diese Party derartig viel Geld ausgegeben, dass es an ein Wunder grenzt, wenn tatsächlich noch irgendwas übrig bleibt, um ihre Kunstprojekte zu finanzieren.«

Ryan zuckte mit den Schultern. »Die haben ihre Leute, die ihnen Sachen wie Blumen kostenlos zur Verfügung stellen. Und das Essen und alles so was. Hat's denn Spaß gemacht?«

»Ich schätze schon.« Phoebe ließ sich auf ihren Stuhl plumpsen und zwang sich dazu, ihn anzulächeln. »Sie hatten eine Künstlerin aus der Dritten Welt da, das war schon echt beeindruckend.«

»Klasse.« Ryan zog seinen elektronischen Organizer hervor, mit dessen Hilfe er den Überblick über Phoebes Termine behielt. »Also, du hast heute eine Verabredung zum Mittagessen mit dem Chefredakteur, und um fünf ist Redaktionssitzung.«

»Okay. Ich möchte heute Vormittag so viel schreiben wie möglich. Kannst du bitte dafür sorgen, dass ich nicht gestört werde?«, bat Phoebe. »Dabei springt auch ein extragroßer Schokoladenmuffin für dich heraus.«

»Alles klar.« Ryan verließ sie und schloss die Bürotür hinter sich.

Phoebe machte sich sofort an die Arbeit. Sie zog zunächst den Ordner mit den Briefen von Menschen, die unter mangelndem Selbstbewusstsein litten, hervor. Wenn sie den Morgen damit verbrachte, anderen Menschen Ratschläge zu erteilen, wie sie es schaffen könnten, sich besser zu fühlen, würde sie vielleicht endlich damit aufhören, die ganze Zeit über ihren Katastrophenflirt mit Daniel Lemond nachzugrübeln.

Aber noch bevor sie auch nur einen einzigen Brief durchlesen konnte, öffnete sich die Tür und Ryan steckte seinen Kopf hindurch. »Besuch für dich, Phoebe«, sagte er.

Sie starrte ihren Assistenten an. »Aber ich hatte dich doch gebeten, niemanden reinzulassen.«

»Oh.« Ryan schaute verwirrt drein. »Stimmt. Tut mir Leid. Er hat nach dir gefragt und ich … äh …«

»Es ist allein mein Fehler«, sagte Daniel Lemond, der in diesem Moment den Raum betrat. »Ich habe mich einfach nicht abwimmeln lassen.«

Phoebe wäre um ein Haar der Mund sperrangelweit offen gestanden. Daniel trug zwar keinen Smoking, aber er sah in Jeans und Pullover um keinen Deut schlechter aus. Doch was tat er in ihrem Büro?

»Was wollen Sie denn hier?«, stieß Phoebe hervor.

Daniel hob die Augenbrauen. »Ich wollte mich nur vergewissern, dass Sie meine Blumen erhalten haben.«

»Oh. *Oh.*« Phoebe wirbelte herum und packte die Vase mit den Margeriten. »Ich dachte, die sind bloß eine kleine Aufmerksamkeit vom Museum.«

»Ich wusste, ich hätte eine Karte beilegen sollen«, sagte Daniel. »Obwohl ich auf diese Weise natürlich eine ausgezeichnete Entschuldigung dafür hatte, Sie persönlich aufzusuchen.«

Phoebe konnte es einfach nicht fassen. Er sah ihr geradewegs in die Augen, er lächelte, und er *flirtete*. Verglichen mit seinem Verhalten auf der Gala war er wie ausgewechselt.

Ryan stand immer noch auf der Türschwelle und beobachtete sie mit einem breiten, albernen Grinsen im Gesicht.

»Danke, Ry«, sagte Phoebe.

Er nickte nur und grinste weiter.

»Du kannst jetzt gehen«, sagte sie. »Ryan?«

»Hm?«

»Danke! Du kannst wieder an deine Arbeit gehen.«

»Oh.« Ryan machte ein langes Gesicht. »Na gut.« Er verließ ihr Büro und schloss die Tür hinter sich.

Phoebe wandte ihre Aufmerksamkeit wieder Daniel zu. »Setzen Sie sich doch«, sagte sie, in dem Bemühen, ihre Verwirrung zu überspielen. »Woher wussten Sie denn, wo ich arbeite?«

»Das haben Sie mir doch selbst erzählt, wissen Sie nicht mehr?« Daniel ließ sich auf einen Stuhl fallen. »›Fragen Sie Phoebe‹. Das ist meine Lieblingskolumne.«

»Ach wirklich?«, fragte Phoebe argwöhnisch.

»Absolut. Die verpasse ich nie. Sie können sich sehr gut in andere Menschen hineinversetzen.« Daniel beugte sich vor. »Um die Wahrheit zu sagen: Ihre Ratschläge für andere haben mir schon ein-, zweimal dabei geholfen, die Lösung eines meiner eigenen Probleme zu finden.«

»Das ist fantastisch!« Phoebe strahlte ihn an. »Genau das möchte ich hören. Ich hoffe natürlich immer, dass meine Ratschläge nicht nur einem Menschen helfen, wissen Sie? Dass die Leute das, was ich einer bestimmten Person rate, lesen und dann auf alle möglichen eigenen Erfahrungen anwenden.«

»Das ist Ihnen gelungen«, versicherte Daniel ihr. »Sie

verstehen es, direkt zur Wurzel der Probleme Ihrer Leser vorzudringen und sie ohne langes Gerede zu lösen. Und von dieser Art Verständnis kann jeder profitieren. Ich jedenfalls tue das.«

»Aber auf der Museumsgala hatte ich den Eindruck, dass Sie noch nie von mir gehört haben«, sagte Phoebe.

»Dafür muss ich mich entschuldigen. Ich fürchte, ich muss Ihnen sehr unhöflich erschienen sein«, erwiderte Daniel. »Das lag nicht in meiner Absicht. Ich war nur so sehr darauf konzentriert, aus diesem Abend ein perfektes Fest zu machen, dass ich mich einfach nicht so lange mit Ihnen unterhalten konnte, wie ich gerne wollte.«

»Es schien eigentlich eher so, als ob Sie sich überhaupt nicht mit mir unterhalten wollten«, warf Phoebe ein.

»Es tut mir sehr Leid, wenn Sie diesen Eindruck gewonnen haben, aber das entspricht ganz und gar nicht der Wahrheit, Phoebe«, sagte er. »Sie waren die schönste Frau an diesem Abend. Um ehrlich zu sein, Sie waren die Einzige, mit der ich reden wollte. Aber das ließ meine Arbeit nicht zu, ich musste mich schließlich um alles kümmern. Ich hoffe nur, Sie können mir verzeihen.«

Daniels dunkelblaue Augen verließen sie nicht eine Sekunde, während er sprach, und Phoebe klebte förmlich an jedem seiner Worte. Nachdem er sie kürzlich so gründlich hatte abblitzen lassen, konnte sie es kaum glauben, dass er nun leibhaftig in ihrem Büro saß und ihr Komplimente über ihre Kolumne machte. Und vor allen Dingen *ihr* Komplimente machte.

»Ich schätze, ich werde Ihnen noch einmal verzeihen«, sagte sie. »Ich kenne das, manchmal steckt man bis über beide Ohren in Arbeit und hat keinen Sinn für anderes.«

»Wunderbar.« Daniel seufzte erleichtert. »Es wäre schrecklich für mich, wenn Sie weiterhin böse auf mich wären. Ich habe mir das ganze Wochenende über deswegen Sorgen gemacht.«

»Wirklich? Und ich hatte mir schon Sorgen gemacht, dass ich irgendwas falsch gemacht habe und Sie mich deswegen nicht leiden konnten«, gab Phoebe zu.

»Das wäre ganz und gar unmöglich«, versicherte Daniel. »Sie sind einfach perfekt. Mich trifft die ganze Schuld. Aber ich hoffe, wir können diesen etwas holprigen Start vergessen und gute Freunde werden. Na ja, eigentlich hoffe ich sogar, dass wir mehr als das werden können.«

Phoebe öffnete den Mund und schloss ihn gleich wieder. Das alles kam ihr mehr und mehr wie ein Traum vor. Jedenfalls hielt Daniel offenbar nichts davon, um den heißen Brei herumzureden!

»Darf ich Sie zur Entschädigung zum Abendessen einladen?«, fuhr er fort. »Morgen Abend?«

»Sicher.« Sie lächelte. »Abendessen klingt gut.«

»Das wird es auch sein«, sagte er. »Es wird perfekt sein. Das verspreche ich.«

»Und was haben Sie dann gemacht?«, fragte Daniel, während er Phoebe Wein nachschenkte.

»Ich bin hierher zurück gezogen, nach San Francisco«, erzählte sie. »Es war zwar nicht mehr dasselbe, ohne Grams, aber ich wusste einfach, dass ich mit meinen Schwestern zusammen sein musste.«

»Obwohl Sie so oft mit ihnen gestritten hatten?«

»Ja, natürlich. Meine Schwestern sind für mich das Allerwichtigste auf der Welt.« Phoebe schwieg für einen Augenblick. Sie musste an Prue denken, ihre älteste Schwester, die vor einigen Jahren beim Kampf gegen einen Dämon ums Leben gekommen war. »Wir haben uns dann alle erst richtig kennen – und lieben gelernt«, fügte sie leise hinzu. »Ich bin so froh, dass ich zu ihnen zurückgekehrt bin.«

»Also, ich bin auf jeden Fall froh darüber«, sagte Daniel. »Sonst hätten wir uns niemals getroffen.«

Sie blickte ihn an. Sein Gesicht leuchtete im matten Licht des von Kerzen erhellten Restaurants. Er hatte sich während des Essens ihre gesamte Lebensgeschichte angehört und schien völlig gefesselt zu sein. Sie hatte noch nie einen Mann kennen gelernt, der sich für jede noch so kleine Einzelheit ihrer Vergangenheit interessierte.

»Dann sind Sie also froh darüber, dass wir uns kennen gelernt haben, obwohl ich Sie den ganzen Abend über mit meiner Lebensgeschichte gelangweilt habe?«, fragte sie.

»Nichts, was Sie sagen, ist langweilig, Phoebe«, gab er zurück.

»Na, ich weiß nicht. Mir drei Stunden lang zuzuhören, wie ich über mich selbst rede, kann nicht so unterhaltsam sein«, entgegnete sie. »Ich kann's kaum fassen, dass ich die Unterhaltung dermaßen an mich gerissen habe. Jetzt erzählen Sie doch mal etwas über sich.«

»Also, das wäre eindeutig langweilig«, sagte er. »Außerdem sind wir mit dem Essen fertig. Das wird bis zum nächsten Mal warten müssen.«

»Sind Sie sicher? Wir könnten doch noch Dessert bestellen«, schlug Phoebe vor. »Ich würde zu einer zweiten Portion Mousse au Chocolat nie Nein sagen.«

Daniel lachte und signalisierte dem Kellner, dass er die Rechnung haben wolle. »Ganz im Ernst, mein Leben ist viel zu öde, um darüber zu reden. Schon wenn ich nur daran denke, macht es mich traurig.«

»So schlimm kann es doch gar nicht sein. Immerhin haben Sie einen interessanten Job«, widersprach Phoebe. »Ich dachte immer, ich wäre bestimmt eine tolle Eventmanagerin, aber als ich dann einmal eine Überraschungsparty für Piper schmeißen wollte, war es ein totaler Reinfall. Sie hingegen sind offensichtlich der Meister der Partyplanung.«

»Was ist denn passiert?«, fragte Daniel, während er die Rechnung unterschrieb. »Auf Pipers Party?«

»Oh, also, erstens war sie nicht überrascht. Diesen Teil hatte ich nämlich vollkommen vergessen: Ich hatte nicht daran gedacht, jemanden damit zu beauftragen, sie abzulenken. Also kam sie hereinmarschiert, während wir gerade dabei waren, die Luftballons aufzublasen.«

»Ups!« Daniel lachte, während sie sich auf den Weg zu seinem Wagen machten. »Das ist die Regel Nummer eins bei Überraschungspartys.«

»Das war aber noch lange nicht das Schlimmste. Ich hatte auch vergessen, die Buchung bei den Caterern zu bestätigen, und das hieß, dass die wunderbare Gourmet-Geburtstagstorte, die ich haben wollte, nicht geliefert wurde und dass ich ihr am Ende einen Kuchen im Geschäft kaufen musste. Der Einzige, den sie noch hatten, hatte die Form eines Motorrads und war mit leuchtend blauer Glasur verziert.«

»Ich nehme an, das entspricht nicht ganz Pipers Stil?«, fragte Daniel.

Phoebe schnaubte. »Wohl kaum. Außerdem konnte sie ihn nur mit Mühe und Not herunterwürgen. Sie ist Chefköchin, also hat sie einen überdurchschnittlich ausgebildeten Geschmackssinn.«

»Wirklich? Chefköchin?«, fragte Daniel und fuhr aus der Parklücke. »Hat sie denn ihr eigenes Restaurant?«

»Oh nein.« Phoebe sah ihn mit zusammengekniffenen Augen an. »Sie kriegen mich nicht dazu, von meiner Schwester zu reden. Ich weiß ja nicht einmal, wie es kommt, dass ich Ihnen die Geschichte von der Überraschungsparty erzählt habe. Ich wollte Sie gerade nach *Ihrem* Job fragen, und auf einmal merke ich, dass ich schon wieder nur von mir selbst schwatze.«

»Aber ich möchte gerne alles von Ihnen wissen. Ich finde Sie faszinierend«, versicherte Daniel.

»Ich rede gerade von einer uralten Geburtstagstorte. Vertrauen Sie mir, das ist alles andere als faszinierend«, wehrte Phoebe ab. »Ich würde nicht mal behaupten, dass die Geschichte auch nur ein bisschen interessant ist.«

»Das liegt bloß daran, dass Sie sich nicht an meiner Stelle befinden«, widersprach Daniel. »Es kommt nicht allzu oft vor, dass ich eine ehrliche, offene Unterhaltung mit einer klugen, schönen und witzigen Frau führe.«

Phoebe warf ihm einen Blick zu. »Das klingt wie die Worte eines Mannes, der schon einmal verletzt wurde«, sagte sie.

Er errötete und zuckte dann mit den Achseln. »Wer hat das noch nicht erlebt? Haben Sie mir nicht erzählt, dass Sie sich immer noch von den Spätfolgen einer Scheidung erholen?«

»Stimmt«, nickte Phoebe. Aber sie wollte nicht über ihren Exmann Cole nachdenken – halb Mensch, halb Dämon. »Eigentlich ist es schon überraschend, dass ich so offen und ehrlich mit Ihnen rede, wenn man bedenkt, wie sehr ich hintergangen wurde«, setzte sie hinzu.

»Ich hoffe, das ist ein Zeichen dafür, dass Sie sich in meiner Gegenwart wohlfühlen«, sagte Daniel. »Weil ich sehr gerne noch einmal mit Ihnen ausgehen würde, Phoebe.«

Phoebe durchrieselte ein Schauder des Glücks. Sie hatte an diesem Abend mit Daniel so viel Spaß gehabt, dass das Ende ihrer Verabredung viel zu früh kam. Und er schien genau dasselbe zu empfinden. »Das würde mir auch gefallen. Solange ich das nächste Mal *Ihre* Lebensgeschichte zu hören bekomme, wie Sie versprochen haben.«

»Wir werden sehen«, sagte er ausweichend. »Erst einmal müssen Sie Ihre bis zum Ende erzählen. Wir sind stehen geblieben, als Sie zurück nach San Francisco gezogen sind. Ich habe das Gefühl, dass die wirklich interessanten Geschichten erst danach passiert sind.«

»Da könnten Sie Recht haben«, murmelte sie. Natürlich konnte sie ihm nichts davon erzählen, wie sie und ihre Schwestern gemerkt hatten, dass sie Hexen waren – und nicht etwa irgendwelche Hexen, sondern die Mächtigen Drei. Und sie konnte ihm erst recht nichts über die unzähligen Dämonen und Warlocks und anderen finsteren Kreaturen erzählen, die sie in den Jahren seit ihrer Rückkehr nach Halliwell Manor bekämpft und besiegt hatten. Eigentlich gab es gar nicht so viel, was sie ihm von ihrem wahren Leben erzählen konnte. So viel zur offenen, ehrlichen Unterhaltung ...

»Trotzdem würde ich gerne etwas über Ihre Kindheit und Ihre Familie und so wissen. Das ist nur fair – Sie wissen ja mittlerweile auch alles über meine. Wir können uns abwechseln«, sagte sie.

Daniel antwortete nicht. Sie waren gerade vor ihrem Haus angekommen und er hielt an.

Phoebe blickte zum Haus empor. Sie liebte es, und sie liebte es, dort mit ihren Schwestern zu leben. Aber alles, was sie sich in diesem Augenblick wünschte, war, zusammen mit Daniel im Auto sitzen zu bleiben. Schon die Vorstellung, ihn zu verlassen, bedrückte sie.

»Hätten Sie vielleicht Lust, noch mit reinzukommen?«, stieß sie plötzlich hervor, »und mir Ihre Geschichte heute Abend schon zu erzählen?«

Daniel starrte sie an, als ob sie komplett den Verstand verloren hätte. »Reinkommen?«, wiederholte er fassungslos.

»Ja. Mein Neffe schläft sicher schon. Niemand wird uns stören«, sagte sie.

»Äh, ich denke nicht.« Daniel löste seinen Sicherheitsgurt, sprang aus dem Wagen und rannte förmlich um das Auto herum, um Phoebes Tür zu öffnen. Sein Gesichtsausdruck war derselbe wie auf der Museumsfeier, als sie mit ihm zu reden versucht hatte – es war klar, dass er es gar nicht erwarten konnte, sich von ihrer Gegenwart zu befreien.

»Okay.« Sie stieg aus dem Wagen und blickte ihn an. »Na, dann … gute Nacht.« Sie stellte sich auf die Zehenspitzen, um ihm einen Kuss zu geben, aber er wich ihr aus und konnte ihr nicht in die Augen sehen.

»Ja. Gute Nacht.« Daniel schlug die Wagentür zu, lief wieder auf seine Seite und fuhr davon, ohne ein weiteres Wort zu verlieren.

Fassungslos sah Phoebe hinter ihm her. Was war denn bloß mit dem wunderbaren Mann passiert, mit dem sie zu Abend gegessen hatte? Schließlich drehte sie sich um und ging die Stufen zu ihrem Haus hinauf.

»Wie war dein Date?«, fragte Paige, sobald Phoebe ins Wohnzimmer kam. Sie lag eingehüllt in eine dicke Wolldecke auf dem Sofa und trank Tee.

»Zu neunzig Prozent perfekt und zu zehn Prozent grauenhaft«, antwortete Phoebe. Sie warf sich in einen Sessel, griff sich eins der großen Kissen und schloss es fest in die Arme. »Ich kapier das einfach nicht.«

»Du kapierst was nicht?«, fragte Piper, die soeben die Treppe herunterkam.

»Daniel. Wir haben uns während des Essens ganz wunderbar verstanden, er schien mich wirklich zu mögen – er hat sogar gefragt, ob wir noch einmal ausgehen könnten. Und dann, als wir hier ankamen, ist er einfach abgehauen. Es war genau wie an dem Abend im Museum.«

Piper hockte sich auf die Lehne der Couch. »Männer sind echt das Letzte.«

Phoebe sah zu ihr hinüber. »Ach, wirklich?«

»Seit unserem Hochzeitstag habe ich Leo genau zehn Minuten zu Gesicht bekommen«, beklagte sich Piper. »Er hat mir nicht mal eine Glückwunschkarte oder so was geschenkt.«

»Puh. Ich finde, da ist eine große Szene angesagt«, meinte Paige.

»Er ist ja nie lange genug da, dass ich ihm eine Szene machen könnte«, entgegnete Piper. »Andauernd ist er unterwegs und kümmert sich um seinen neuen Schützling, diese Kerria.«

»Warum denn? Wird sie von einem superbösen Oberfiesling verfolgt?«, fragte Phoebe.

»Woher soll ich das wissen?« Piper verdrehte leicht genervt die Augen. »Ist ja auch egal. Wir haben gerade von

Daniel gesprochen. Vielleicht ist er doch ein bisschen zu seltsam, Phoebe.«

»Aber ich mag ihn«, stöhnte Phoebe. »Ich fühle mich in seiner Gegenwart total wohl. Ich hab ihm sogar davon erzählt, wie Grams mich mal erwischt hat, als ich mir die Haare abschnitt, um Captain Kangaroo ähnlich zu sehen.«

»Was? *Mir* hast du davon nie erzählt!«, rief Paige. Sie fing an zu lachen, was aber rasch in ein Husten überging.

»Vielleicht hast du ihn damit verschreckt«, spottete Piper. »Ich bin mir nicht sicher, ob ein Mann wirklich etwas von der Captain-Kangaroo-Phase im Leben eines Mädchens hören will.«

Phoebe setzte sich auf einmal kerzengerade hin. »Oh mein Gott, du hast Recht«, entfuhr es ihr. »Ich habe den ganzen Abend lang nur über mich geredet. Er muss mich für die größte Egomanin aller Zeiten halten. Kein Wunder, dass er geflüchtet ist.«

»Ich dachte, du hättest gesagt, er hat dich gebeten, noch mal mit ihm auszugehen«, meinte Paige.

»Na ja ...«

»War das vor oder nach deiner Sondervorstellung über das Leben und die Leiden der Phoebe Halliwell?«, wollte Piper wissen.

»Danach. Auf dem Heimweg«, antwortete Phoebe. »Jetzt versteh ich gar nichts mehr. Wenn es nicht an meinem Egotrip lag, warum hat er sich dann so komisch benommen, als wir hier ankamen?«

»Was ist denn genau passiert?«, fragte Paige.

»Wir sind vorm Haus angekommen, ich habe ihn noch hereingebeten und er ist total ausgeflippt«, antwortete Phoebe. Sie sah erst Piper, dann Paige an. »Oder glaubt ihr, ich habe ihm Angst eingejagt, als ich ihn gefragt habe, ob er noch kurz reinkommen möchte?«

»Normalerweise stehen Typen darauf, hereingebeten zu werden«, sagte Piper langsam. »Oder nicht?«

»Vielleicht ist er schüchtern.« Paige schnäuzte sich lautstark die Nase. »Und wenn, dann kann es schon sein, dass ihn das in Panik versetzt hat.«

»Oh nein, ich war zu hastig.« Phoebe seufzte niedergeschlagen. »Das ist nicht fair. Da treffe ich endlich mal einen Mann, den ich wirklich mag, und dann bin ich dermaßen aufdringlich, dass ich ihn wieder verscheuche. Warum bin ich die Sache nicht ganz cool angegangen?«

»Es ist doch nicht so, als ob du ihn nie wiedersehen würdest. Ihr seid doch verabredet«, warf Piper ein.

»Wir haben aber nichts Konkretes abgemacht«, entgegnete Phoebe. »Du weißt, was das heißt – dieses Date wird niemals stattfinden.«

»Dann planst *du* jetzt halt etwas Konkretes«, schlug Paige vor. »Du rufst ihn an und sagst einfach ›Wir gehen Freitagabend aus.‹«

»Wirkt das denn nicht noch herrschsüchtiger und aufdringlicher?«, fragte Phoebe.

»Kann schon sein. Aber was hast du zu verlieren?«, sagte Piper. »Der Rat gefällt mir immer besser. Ich glaube, den werde ich auch befolgen. Wenn ich meinen Mann das nächste Mal sehe, werde ich ihm einfach sagen, dass wir unseren Hochzeitstag auf morgen Abend verschieben. Und diesmal lass ich mich nicht abwimmeln.«

»Gut für dich«, murmelte Paige. »Könntet ihr beide jetzt bitte weggehen, damit ich in Ruhe hier liegen und vor Selbstmitleid vergehen kann.«

»Warum gehst du denn nicht ins Bett?«, fragte Phoebe.

Paige starrte aus glasigen Augen zur Treppe. »Das ist viel zu weit weg. Mein Kopf ist so zu, dass mir schon vom Stehen schwindlig wird.«

Phoebe warf Piper einen Blick zu, und die nickte. »Okay, die Operation ›Schwester in Not‹ ist unterwegs. Ich helfe dir hoch, und Phoebe besorgt dir mehr Tee und ein bisschen Wasser.«

»Und noch mehr Taschentücher«, rief Paige Phoebe erschöpft hinterher, die sich auf den Weg in die Küche machte.

Phoebe lächelte vor sich hin. Vielleicht lag die Herrschsucht ja in der Familie …

»Leo! Frühstück!«, rief Piper am nächsten Morgen. Ihr Mann war erst um zwei Uhr morgens nach Hause gekommen, deshalb hatte sie ihn nicht früher geweckt. Aber jetzt war Wyatt fertig angezogen und hatte sein Fläschchen fast leer getrunken, Phoebe war schon zur Arbeit gegangen, und es war höchste Zeit, dass Leo aufstand.

»Hast du ihm schon das Hochzeitstagsultimatum gestellt?«, fragte Paige von der anderen Seite des Tischs aus. Sie hatte ihr Gesicht in den Armen vergraben, sodass sie Piper kaum verstehen konnte. Paiges Platzdeckchen war mit Papiertüchern übersät und sie hob nicht einmal mehr zum Sprechen den Kopf.

»Noch nicht. Das mache ich heute Morgen«, sagte Piper. »Nimmst du eigentlich etwas gegen diese Erkältung ein?«

»Hab's versucht, aber ich kann nicht. Von diesen Mittelchen muss ich mich übergeben.«

»Genau so etwas möchte ein Mann doch als Erstes morgens hören«, sagte Leo und betrat die Küche. Er küsste erst Wyatts Köpfchen und dann Piper.

»'tschuldigung«, murmelte Paige.

»Ich habe Pfannkuchen gemacht«, sagte Piper. »Mit Erdbeeren. Deine Lieblingspfannkuchen.«

Leo wand sich unbehaglich. »Danke, Liebes, aber ich habe eigentlich überhaupt keine Zeit. Ich werde mir einfach eine Banane mitnehmen, und dann muss ich gehen.«

Piper schaute ihn aus zusammengekniffenen Augen an. »Und wohin?«

»Ich muss nach meinem neuen Schützling sehen. Sie steckt bis zum Hals in Schwierigkeiten«, sagte Leo.

Piper spürte Verdruss in sich aufsteigen. Sie wusste, dass Leos Wächterpflichten wichtig waren, aber das war ihre Ehe schließlich auch.

»Leo, ist dir überhaupt bewusst, dass unser Hochzeitstag dieses Jahr praktisch ausgefallen ist?«, fragte sie.

»Natürlich«, antwortete er. »Ich hab mich doch bei dir entschuldigt.«

»Das reicht aber nicht. Ich möchte, dass wir den Termin verschieben«, sagte Piper. »Das heißt, ich habe bereits reserviert. Wir feiern heute Abend nach – mit allen Schikanen: Abendessen bei Kerzenschein, alles ganz romantisch …«

Sie stand auf und schlang ihre Arme um ihn. Leo grinste und beugte sich hinunter, um ihr einen flüchtigen Kuss auf die Lippen zu drücken. »Klingt perfekt«, sagte er leise.

Paige nieste.

Beide drehten sich zu ihr um.

»So ein Mist«, sagte sie. »Ich wollte euch die Stimmung echt nicht verderben.«

»Warte mal«, sagte Leo. »Wie sollen wir denn heute Abend ausgehen? Unser Babysitter ist krank.«

Piper musterte Paiges zerknitterten Schlafanzug, ihr verquollenes Gesicht und ihre rote Nase. Leo hatte Recht. In diesem Zustand konnten sie ihr Wyatt nicht überlassen. Sie stöhnte. »Wir kommen wohl nie zu unserem romantischen Abendessen, oder?«

»Doch, natürlich!« Paige stand rasch auf, musste sich dann aber an der Stuhllehne festhalten, um nicht umzufallen. »Soeben habt ihr mir den perfekten Grund geliefert.«

»Wofür denn?«, erkundigte sich Leo.

»Um mich von meiner Erkältung zu kurieren. Mithilfe der Magie konnte ich Wyatts Erkältung loswerden, aber diesen Zauber konnte ich nicht auf mich anwenden, weil das ja zu meinem eigenen Nutzen gewesen wäre, stimmt's?«

»Stimmt …«, antwortete Piper langsam.

»Aber wenn ich es für euch tue, damit ihr endlich zusammen ausgehen und Zeit füreinander habt, dann ist das kein persönlicher Vorteil für mich.« Paige zog einen Umschlag aus dem Küchenschrank, schüttete die Kräuter darin in ein Fläschchen und fügte kochendes Wasser aus dem Teekessel hinzu. »Nur gut, dass ich die Reste von meinem Zaubertrank aufbewahrt habe«, sagte sie zufrieden.

»Wenn du Magie benutzt, damit du dich besser fühlst, hört sich das für mich allerdings immer noch verdächtig nach persönlichem Vorteil an«, wandte Leo ein.

»Aber wenn das heißt, dass wir endlich unseren Abend zu zweit bekommen, bin ich jedenfalls dafür«, widersprach Piper.

»Okay.« Paige schüttelte die Flasche, warf sie vor sich auf den Boden und sagte rasch den Zauberspruch auf:

Krankheit, die uns Menschen quält,
Hebe dich hinfort.
Besiegt bist du, dein Ziel verfehlt,
Verlasse diesen Ort!

Piper beobachtete ihre Schwester gespannt. Überrascht bemerkte sie, dass Paige von einem Moment zum anderen völlig verändert war. Ihre blutunterlaufenen Augen wurden wieder klar, ihre geschwollene Nase kehrte in den Normalzustand zurück und sie holte tief Luft.

»Das fühlt sich doch schon viel besser an«, verkündete sie lächelnd.

»Fühlst du dich besser?«, fragte Piper.

»Gut genug, um so lange zu babysitten, wie ihr beide mich braucht«, bekräftigte Paige. »Also, amüsiert euch an eurem freien Abend, und lasst euch Zeit.«

»Super.« Piper wandte sich zu ihrem Mann um. »Dann steht jetzt wohl nichts mehr zwischen uns und einem romantischen Abend. Richtig?«

Leo verzog das Gesicht. »Ich weiß, dass ich in letzter Zeit viel zu viel gearbeitet habe, meine Süße. Und das tut mir Leid. Ich verspreche, heute Abend pünktlich zu Hause zu sein. Wir werden den schönsten Hochzeitstag aller Zeiten haben.«

Phoebe saß an ihrem Schreibtisch und starrte das Telefon an. Sie hatte den Hörer schon zweimal aufgenommen, um Daniel anzurufen, war aber letzten Endes doch zu feige dazu gewesen. Was sollte sie denn bloß sagen? Hallo, Daniel, tut mir echt Leid, dass ich Sie gleich bei unserer ersten Verabredung noch zu mir hereingebeten habe?

»Jetzt flipp doch nicht gleich aus«, bemerkte Ryan, der an der Tür zu ihrem Büro stand. »Ihr hattet ein Date. Du kennst den Typen doch kaum. Wo ist das Problem?«

»Er glaubt, ich bin leicht zu haben«, sagte Phoebe. »Er dachte wohl, dass ich ihn ins Haus bitte, um ... na, du weißt schon.«

»Woher willst du denn wissen, was er denkt, wenn du ihn nicht anrufst?«, fragte Ryan. »Vielleicht ist ihm nur gerade eingefallen, dass er den Herd angelassen hat oder so, und er ist deshalb so schnell abgehauen.«

»Meinst du wirklich?«

Ryan wand sich ein wenig unbehaglich. »Nein, aber ich verstehe einfach nicht, wieso dir das so wichtig ist.«

»Ich bin mir nicht sicher«, gab sie zu. »Irgendetwas ist an ihm, das mich mächtig anzieht. Er ist ... magnetisch.«

»Dann ruf ihn an.« Ryan schüttelte den Kopf.

Als das Telefon klingelte, zuckten beide zusammen. Phoebe fasste sich schnell und meldete sich. »Phoebe Halliwell.«

»Phoebe, hier ist Daniel«, sagte eine tiefe, sinnliche Stimme auf der anderen Seite der Leitung.

Ihr blieb vor Überraschung – und Panik – der Mund offen stehen. Dann formten ihre Lippen lautlos die Worte »Er ist dran« in Richtung Ryan.

»Phoebe?«, fragte Daniel.

»Ja, ich bin hier.« Sie zwang sich dazu, tief Luft zu holen. »Äh, hallo. Ich freue mich, dass Sie anrufen.«

»Mir ist klar geworden, dass Ihnen unser Abschied gestern Abend ziemlich seltsam erscheinen muss«, begann Daniel.

»Es ist mir so furchtbar peinlich«, unterbrach Phoebe

ihn. »Wir haben uns so prima amüsiert, dass ich mich einfach noch nicht von Ihnen verabschieden wollte. Ich dachte, Sie könnten noch mit reinkommen, damit wir weiterreden können, aber ich schätze, Sie haben das irgendwie in den falschen Hals bekommen. Ich wollte Sie zu nichts drängen oder so –«

»Hör sofort auf, dummes Zeug zu labern!«, flüsterte Ryan.

Phoebes Mund schnappte zu. Was war eigentlich ihr Problem? Jedes Mal, wenn sie mit Daniel redete, verwandelte sie sich in eine Vierzehnjährige, die sich gerade verknallt hat.

»Stimmt schon, das ging alles ein bisschen schnell für mich«, sagte Daniel.

Phoebe lächelte. »Ja, ich weiß. Tut mir Leid.«

»Ist schon okay. Wissen Sie, ich mag Sie wirklich, Phoebe. Sind wir immer noch verabredet?«

»Selbstverständlich.«

»Wie wär's mit heute Abend? Ich weiß, das ist ein bisschen kurzfristig …«

»Nein, heute Abend passt mir ausgezeichnet«, sagte Phoebe rasch. »Das wäre wunderbar.«

»Ich hatte daran gedacht, selbst zu kochen. Hätten Sie Lust, so gegen acht zu mir zu kommen?«

»Sicher. Klar. Was soll ich mitbringen?«

»Nur Ihr liebliches Selbst«, sagte Daniel. »Dann bis später.«

»Warten Sie!«, rief Phoebe, die das Gespräch noch nicht beenden wollte. »Ähm … was wollten Sie denn kochen?«

»Ich hab ein tolles Rezept für Gumbo mit Würstchen«, sagte Daniel. »Warum? Sind Sie Vegetarierin?«

»Nein«, sagte Phoebe.

»Gibt es irgendetwas, was Sie überhaupt nicht mögen?«

»Nein«, sagte sie wieder.

»Oh.« Daniel sagte für ein Weilchen gar nichts, und Phoebe wand sich innerlich vor Verlegenheit. Dank ihr war aus einem netten Gespräch eine echte Peinlichkeit geworden. Aber sie wollte immer noch nicht, dass er auflegte.

»Okay, dann sehen wir uns heute Abend, Phoebe«, sagte er schließlich.

»Um acht Uhr?«

»Ja.«

»Und Sie sind sicher, dass ich nichts mitbringen soll?«

»Ja. Und jetzt muss ich mich wirklich wieder um meine Arbeit kümmern«, sagte Daniel freundlich, aber bestimmt.

»Okay, bis dann.« Phoebe legte auf und sah zu Ryan.

»Was sollte das denn?«, fragte er.

»Irgendwie wollte ich nicht, dass er das Gespräch beendet«, sagte sie. »Ich hab mich ganz schön bescheuert angehört, oder?«

»Ein bisschen schon. Aber was hat er denn zum gestrigen Abend gesagt?«, wollte Ryan wissen.

»Er sagte, es geht ihm alles ein wenig zu schnell.«

Ryans Augenbrauen schossen nach oben. »Aua!«

»Ist das schlecht?« Phoebe dachte darüber nach. »Oh, mein Gott, das *ist* schlecht! Warum habe ich das denn nicht gemerkt? Als er es gesagt hat, klang es total nett, fast wie ein Kompliment.«

»Vertrau mir, das ist definitiv kein Kompliment. Für mich klingt er wie ein kompletter Idiot.«

»Ist er aber nicht«, schnappte Phoebe.

»Beruhig dich mal wieder. Schließlich hab ich ja nicht *dich* beleidigt«, sagte Ryan.

Phoebe holte tief Luft. Er hatte Recht. Warum hatte sie überhaupt das Gefühl, Daniel verteidigen zu müssen?

»Ich meine ja bloß, dass er erst sagt, es ginge ihm zu schnell, und jetzt lädt er dich für heute Abend zu sich nach Hause ein«, erklärte Ryan. »Was ergibt das denn für einen Sinn? Jetzt legt *er* auf einmal ein ganz schönes Tempo vor.«

»Ich weiß.« Phoebe konnte nichts dagegen tun. Ein breites Lächeln erschien auf ihrem Gesicht.

Ryan schüttelte nur den Kopf und wandte sich zum Gehen. »Dir liegt eindeutig viel zu viel an diesem Typ.«

Phoebe lehnte sich in ihrem Stuhl zurück und dachte an ihr Rendezvous mit Daniel. Sie konnte es kaum erwarten!

3

»Wahnsinn, lass dich mal ansehen!«, rief Paige an diesem Abend nach einem Blick auf Pipers hautenges rotes Kleid. »Ist das Phoebes?«

»Na klar«, sagte Piper mit einem Grinsen. »Ich gehe so selten aus, dass ich überhaupt keine sexy Klamotten habe. Mein einziges schickes Kleid habe ich am letzten Wochenende auf der Museumsgala getragen.«

»Phoebes Kleiderschrank bietet für jede Gelegenheit etwas«, sagte Paige. Sie warf einen kurzen Blick ins Wohnzimmer, um nachzusehen, ob Wyatt noch friedlich in seinem Stühlchen schlief. »Und wo geht ihr heute Abend essen?«

»Im *Le Colonial*«, erwiderte Piper. »Und danach gehen wir tanzen. Ich kann's kaum erwarten. Ich hab das Gefühl, ich habe seit Monaten nicht ein einziges richtiges Gespräch mit Leo geführt – jedenfalls keines, in dem es nicht entweder um Wyatt oder um Leos Schützlinge ging.«

»Ihr braucht wirklich dringend mal Zeit für euch«, stimmte Paige zu. »Eltern zu sein ist schon ohne übernatürliche Aufgaben und Pflichten anstrengend genug.«

Wie aufs Stichwort erfüllte weißes Licht die Eingangshalle, als Leo hereinorbte.

»Da ist ja mein Märchenprinz«, sagte Piper und ging zu ihm hinüber, um ihm zur Begrüßung einen Kuss zu geben.

»Bleib bloß weg von mir!«, rief er und hob die Hände, um sie auf Abstand zu halten. Dann drehte er sich um und rannte in die Küche.

»So was passiert im Märchen eher selten«, kommentierte Paige.

Pipers Mund war zu einem schmalen Strich zusammengepresst, als sie ihrem Mann folgte. Paige zögerte kurz, bevor sie den beiden hinterherlief.

»Was ist los?«, fragte Piper kurz angebunden. Leo trank Orangensaft direkt aus der Tüte.

»Bah«, sagte Paige. »Ich hoffe nur, du trinkst das aus, weil –«

Leo knallte die leere Safttüte auf den Küchentisch.

»Alles klar«, beendete Paige ihren Satz.

»Ich muss seit drei Stunden dauernd husten, und jetzt krieg ich auch noch Kopfschmerzen«, sagte Leo. »Ich will aber nicht krank werden. Nicht heute Abend.«

Piper runzelte die Stirn, ging zu ihm hinüber und musterte sein Gesicht. »Deine Augen sind ganz glasig.«

»Ja.«

»Und du bist total verschwitzt.«

»Ich weiß.«

»Du hast eine Erkältung«, sagte Piper. »Eine ziemlich üble sogar.«

Leo wandte sich ab. »Ich will dich nicht anstecken. Aber mach dir keine Sorgen, ich geh kurz nach oben und nehme ein Aspirin, dann können wir los.« Er schaffte gerade zwei Schritte, bevor er einen Hustenanfall bekam.

Paige zuckte zusammen.

»Das klingt ja schrecklich«, sagte Piper zu Leo. »Tut's weh?«

»Irgendwie schon«, gab er zu. »Mein Hals bringt mich um, selbst wenn ich mal nicht huste. Aber das spielt keine Rolle. Schließlich ist das unser Hochzeitstag, irgendwie. Und den wird mir so eine kleine Erkältung nicht verderben.« Er hustete erneut.

»So attraktiv deine Hustenanfälle auch sind, ich denke, ich werde mich heute Abend mit einem Gutschein für ein romantisches Dinner begnügen müssen«, sagte Piper langsam. »Du bist viel zu krank, um auszugehen.«

»Nein, bin ich nicht.«

»Leo, du hörst dich an wie Darth Vader, wenn du atmest«, sagte Piper. »Du bist total krank.«

Leo sank auf einen der Küchenstühle. »Du hast wohl Recht. Es tut mir so Leid, Schatz.«

»Dir braucht es nicht Leid zu tun«, entgegnete Piper, »sondern Paige.«

»Mir?«, quietschte Paige. »Wieso das denn?«

»Weil er diese Erkältung von dir hat«, rief Piper. »Und damit meine ich nicht, dass du ihn vielleicht angehustet hast, als du krank warst. Du hast ihm die Erkältung mit deinem Zauberspruch verpasst.«

»Hab ich nicht«, sagte Paige. »Der Zauberspruch hat lediglich mich von *meiner* Erkältung befreit. Ich habe ihr schließlich nicht befohlen, sich ein anderes Opfer zu suchen.«

»Trotzdem. Das ist jetzt schon zum zweiten Mal passiert«, sagte Piper. »Das erste Mal verließ die Erkältung Wyatt und ist bei dir wieder aufgetaucht. Und jetzt ist deine Erkältung verschwunden und bei Leo erschienen.«

»Aber der Zauberspruch kann so etwas doch nicht von ganz alleine verursachen«, protestierte Paige. »Ich muss Leo angesteckt haben, bevor ich den Spruch angewendet habe.«

»Ich weiß nicht«, warf Leo ein. »Das ist schon alles sehr plötzlich passiert. Du hast gesagt, dass es Wyatt auf der Stelle besser ging, und genauso war es heute Morgen bei dir.

Aber du bist auch von einem Moment zum anderen krank geworden, und bei mir war es dasselbe. Ich meine, normalerweise habe ich erst einmal wenigstens einen Tag lang Schnupfen, bevor ich mich dermaßen schlecht fühle.«

»Ich schätze, du hast Recht. Meine Erkältung war in null Komma nichts von null auf hundert«, gab Paige zu.

»Sieh es ruhig ein. Dein Zauber hat offenbar ein paar Nebenwirkungen«, sagte Piper. »Der Schuss ging nach hinten los.«

»Na ja, vielleicht kann ich ihn noch ein bisschen verbessern«, schlug Paige vor. »Ich könnte ihn neu formulieren. Und dann füge ich dem Trank ein wenig Bockshornklee gegen Leos Halsschmerzen hinzu.« Sie eilte sofort zum Kräuterschrank und begann, alle Zutaten zusammenzusuchen, während sie den Zauberspruch noch einmal Wort für Wort durchging. »Mach dir bloß keine Sorgen. Ich werde dich heilen. Ich lasse nicht zu, dass euer Essen zum Hochzeitstag wegen mir ins Wasser fällt.«

»Nein, Paige«, sagte Leo. »Du hast den Zauber schon einmal zu deinem persönlichen Vorteil angewendet. Noch mal werde ich das auf keinen Fall zulassen.«

»Aber das ist doch nicht zu meinem Vorteil«, widersprach sie. »Ich tu das doch für euch beide, nicht für mich.«

»Genau. Es ist zu *unserem* persönlichen Vorteil«, sagte Leo. »Und das geht nun mal nicht.«

Piper sah ihn skeptisch an. »Bist du sicher? Sie könnte dich schließlich im Handumdrehen von der Erkältung befreien und dann wären wir noch rechtzeitig im Restaurant.«

»Ich bin ganz sicher. Wenn Paige den Zauber für mich anwendet, gehorcht sie zwar dem Wortlaut des Gesetzes gegen persönliche Vorteilnahme, aber seinem Sinn würde das nicht entsprechen.« Leo hustete wieder und krümmte sich vor Schmerzen. »Ich muss mich hinlegen.«

»Okay. Ich bring dir gleich Tee hoch«, rief Piper ihm hinterher, während er sich zur Treppe schleppte.

»Wir gehorchen doch *immer* dem Wortlaut des Gesetzes und nicht seinem Sinn«, flüsterte Paige Piper zu.

»Und vielleicht funktioniert der Zauber deswegen nicht richtig«, sagte Piper. Sie blickte an sich hinunter auf ihr rotes Kleid und seufzte. »Ich schätze, ich werde nie zu meinem Hochzeitstagsdinner kommen.«

»Ich kann nicht glauben, dass du dieses Eis selbst gemacht hast«, sagte Phoebe. »Wer macht denn selber Eiscreme?«

Daniel, der gerade seinen Löffel zum Mund führen wollte, hielt mitten in der Bewegung inne, ein Ausdruck von Panik auf seinem Gesicht. »Schmeckt es dir nicht?«

»Machst du Witze? Es ist köstlich«, versicherte Phoebe ihm. »Ich kann es nur immer noch nicht fassen, dass es einen Mann gibt, der den ganzen Tag arbeitet und dann nach Hause geht und mal eben so ein Gourmetmenü zusammenrührt. Und zum Nachtisch noch Eis macht. Ich muss zugeben: Ich wäre wahrscheinlich einfach ins Eiscafé gegangen.«

»Dann ist es ja gut, dass ich gekocht habe und nicht du«, sagte er augenzwinkernd. »Ehrlich, das ist doch gar nichts Besonderes. Ich habe so eine Eismaschine. Ich hatte nur gedacht, du magst es vielleicht.«

»Tu ich auch. Es ist großartig. Du bist großartig.« Phoebe blickte ihn mit zusammengekniffenen Augen an. »Eigentlich bist du zu gut, um wahr zu sein. Was ist dein Geheimnis?«

Daniel schob seinen Stuhl zurück und stand auf, dabei warf er fast die Vase mit Pfingstrosen um, die auf dem Tisch stand. »Tja, in Wahrheit bin ich ein furchtbarer Tollpatsch«, sagte er. »Jetzt kennst du mein Geheimnis.«

Phoebe lachte. »Dahinter muss doch irgendetwas Schlimmeres stecken.«

»Nein. Aber wie steht's mit dir? Was ist dein Geheimnis?«, fragte er, nahm ihr leeres Schüsselchen und ging in die Küche.

»Ich glaube nicht, dass es von mir auch nur das kleinste Geheimnis zu erzählen gibt.« Phoebe folgte ihm und trug die Weingläser zur Spüle. »Heute Abend und bei unserem letzten Treffen habe ich dir so ziemlich alles erzählt, was es über mich zu wissen gibt.« Außer der Tatsache, dass ich eine Hexe bin, fügte sie insgeheim hinzu.

»Ich weiß aber noch gar nicht, was dein Lieblingsfilm ist«, sagte er.

»Ich auch nicht«, antwortete Phoebe. »Jedes Mal, wenn ich einen Film sehe, den ich sehr mag, denke ich: Das ist mein Lieblingsfilm. Dann schau ich mir einen anderen Film an, den ich auch liebe, und schon habe ich meine Meinung wieder geändert.« Sie stellte die Gläser ab und drehte sich zu ihm um. »Keine Angst. Bei Männern bin ich nicht so.«

»Gut.« Daniel legte seine Arme um ihre Taille. »Denn ich möchte nicht, dass du deine Meinung über mich änderst.«

»Bestimmt nicht«, flüsterte sie. »Ich denke, du bist perfekt, und daran kann nichts etwas ändern.« Sie stellte sich auf die Zehenspitzen und küsste ihn. Als er seine Arme daraufhin fester um sie schlang und sie ebenfalls küsste, breitete sich ein Lächeln auf ihrem Gesicht aus. Es war schon lange her, dass sie einen Mann so gemocht hatte wie Daniel.

Dann riss sie sich auf einmal los. »Warte mal einen Moment. Du machst es schon wieder«, sagte sie.

»Was denn?«

»Du bringst mich schon wieder dazu, nur von mir zu reden.« Phoebe ergriff seine Hand und führte ihn zurück in sein Wohn- und Esszimmer. »Also, schieß los. Was ist denn *dein* Lieblingsfilm?«

»Möchtest du jetzt wirklich über Filme reden?«, fragte Daniel mit tiefer, verführerischer Stimme. Er bewegte sich auf sie zu und küsste sie erneut. Und Phoebe vergaß völlig, dass sie eben noch hatte reden wollen.

Aber nach ein paar Minuten beendete Daniel den Kuss abrupt. »Es ist schon spät«, murmelte er.

»Und ich muss morgen in aller Herrgottsfrühe auf der Arbeit sein«, sagte Phoebe mit einem Seufzen. »Arbeitsbesprechung.«

»Dann schätze ich, wir sollten jetzt besser Gute Nacht sagen.« Daniel ließ seine Hand durch ihr Haar gleiten. »Ich habe morgen Früh leider auch eine Besprechung.«

»Und dabei weiß ich noch nicht mal, wo du arbeitest«, sagte Phoebe, während sie ihre Handtasche und ihre Jacke zusammensuchte. »Ist dein Büro vielleicht zufällig in der Nähe von meinem? Wir könnten morgen zusammen Mittagspause machen, wenn du willst.«

»Äh, nein. Mein Büro ist drüben in Oakland, ob du's glaubst oder nicht.« Er öffnete die Tür. »Ich bring dich noch zu deinem Wagen.«

»Okay.« Phoebe hüpfte die kurze Treppe, die zur Haustür führte, praktisch hinunter. Allein seine Nähe gab ihr das Gefühl, etwas Besonderes zu sein. Er war so ein Gentleman!

»Vielen Dank für das Essen. Es war unglaublich.«

»Ich bin froh, wenn es dir geschmeckt hat.«

Als sie an ihrem Wagen angekommen waren, drehte sie sich für einen letzten Kuss um. Aber gerade als ihre Lippen die seinen berührten, durchschnitt ein Kreischen die Nacht. Phoebe fuhr zusammen und ging sofort in Kampfstellung. Sie hatte Unterricht in Kampfsport genommen und ihre Fähigkeiten so weit perfektioniert, dass sie im Bruchteil einer Sekunde bereit war, gegen einen Dämon zu kämpfen.

Dann war ein zweiter Schrei zu hören, dem ein Krachen folgte.

»Was ist das?«, fragte Daniel, nervös um sich blickend. Er warf Phoebe einen besorgten Blick zu. »Geht es dir gut?«

Ihr wurde plötzlich klar, wie seltsam sie ihm vorkommen musste – total aufgetakelt stand sie in Karatestellung mitten auf dem Bürgersteig. Rasch richtete sie sich wieder auf.

»Ja, klar. Ich hab mich nur erschrocken.«

»Ich glaube, das war eine Katze«, meinte Daniel.

»Eine Katze. Genau.« Phoebe fühlte, wie ihr Gesicht schamrot wurde. Kein Dämon – eine Katze. »Das war aber eine ziemlich laute Mieze.«

Aus einer schmalen Gasse neben Daniels Haus ertönten jetzt weitere Schreie und lautes Krachen. Er ging hinüber, und Phoebe folgte ihm. Ihr Herz klopfte immer noch wie verrückt. Für gewöhnlich ließ sie sich nicht so leicht in Angst und Schrecken versetzen, nicht einmal durch Dämonen. Aber sie war dermaßen auf Daniel konzentriert gewesen, dass sie die Welt um sich herum fast völlig vergessen hatte.

»Zwei Katzen«, sagte Daniel. »Sieh mal.«

Phoebe blickte über seine Schulter. Auf halbem Wege die

Gasse hinunter stand eine getigerte Katze auf einem Haufen alter Dachschindeln. Eine große, bunt gescheckte Katze kauerte im Dunkel neben ihr und fauchte und knurrte. Und dann machte die Tigerkatze plötzlich einen Satz. Im Nu war von den Katzen nichts mehr zu sehen als ein paar verschwommene Krallen und Zähne. Beide kreischten wie am Spieß.

»Die werden sich noch umbringen!«, rief Phoebe. »Wir müssen was tun!«

»Wie willst du denn Katzen davon abhalten zu kämpfen?«, fragte Daniel. »Ich könnte ja mal mit ein paar Steinen nach ihnen werfen. Nur um sie zu verjagen, verstehst du.«

Aber die Katzen hatten schon wieder aufgehört. Beide standen regungslos da und starrten Daniel und Phoebe an. Ihre grünen Augen leuchteten in der Dunkelheit.

»Warum sehen sie uns denn so an?«, fragte Daniel.

Die getigerte Katze miaute und stolzierte zu ihnen hinüber. Sie rieb sich an Daniels Bein.

»Ich glaube, du hast eine neue Bewunderin gefunden«, meinte Phoebe.

»Aber warum haben sie gerade jetzt aufgehört? Ich hatte das Gefühl, sie meinten es richtig ernst«, sagte Daniel.

Jetzt kam auch die andere Katze hergelaufen, warf sich vor Daniel auf den Boden und wälzte sich auf den Rücken, um ihre verletzliche Unterseite zu präsentieren. Mit einem Grinsen beugte er sich hinunter und streichelte ihr den Bauch. Phoebe lachte.

»Ich vermute, sie wollte nur spielen«, meinte Daniel.

»Da bin ich mir nicht so sicher. Es klang schon verdammt ernst.« Phoebe konnte es kaum fassen, wie sich das Verhalten der beiden Katzen verändert hatte. Sie benahmen sich, als sei Daniel ein riesiger Busch Katzenminze. »Sieht so aus, als ob du dich mit Tieren gut verstehst.«

»Eigentlich nicht. Ich vergesse sogar manchmal, meine Fische zu füttern.« Daniel richtete sich wieder auf. »Also, dann bringe ich dich jetzt mal lieber zu deinem Wagen, bevor sie wieder zu zanken beginnen.«

Phoebe nahm seine Hand, als sie zum Auto gingen. »Vielen Dank noch mal«, sagte sie. »Sehen wir uns bald wieder?«

»Darauf kannst du dich verlassen.«

Liebe Phoebe,

hilf mir! Ich habe ein wunderbares Mädchen kennen gelernt, aber ihre Unsicherheit treibt mich noch in den Wahnsinn. Ich darf sie nie ohne Make-up sehen, oder wenn ihre Haare nicht perfekt sitzen, oder wenn sie sich aufgebläht fühlt – sie hat eine ganze Liste! Wie kann ich sie davon überzeugen, dass ich sie wunderschön finde, ganz egal, wie sie aussieht?

Ein frustrierter Mann

Lieber frustrierter Mann,

es scheint so, als hätte Ihr Mädchen nicht nur wenig Selbstbewusstsein, sondern obendrein auch noch einen Kontrolltick. Sie will die Kontrolle darüber, wie Sie sie sehen – und zwar von ihrer besten Seite, und das jederzeit –, weil sie glaubt, dass sie damit beherrschen kann, was Sie für sie empfinden. Zu ihrem Glück hat's Sie ja schon erwischt. Mein Rat? Zeigen Sie ihr den Brief, den Sie mir geschrieben haben. Das sollte ihr alles sagen, was sie wissen muss!

Donnerstagnachmittag. Phoebe sah von ihrem Computer auf. Das Licht an ihrem Telefon blinkte, aber sie hatte es seit wenigstens zehn Minuten nicht klingeln gehört. Jetzt, da sie darüber nachdachte, fiel ihr auf, dass sie immer noch nicht wusste, wer denn vor zehn Minuten angerufen hatte. Normalerweise brachte Ryan Phoebe ihre Nachrichten immer sofort. Sie sah von ihrer Bürotür zu seinem Schreibtisch hinüber. Er saß zurückgelehnt in seinem Stuhl, die Füße auf dem Schreibtisch und quasselte mit einem seligen Grinsen auf dem Gesicht vor sich hin. Phoebe seufzte. Sie mochte den Jungen, aber er ließ leider nur allzu oft zu, dass sein Privatleben seine Arbeit störte.

»Ryan!«, rief sie.

Er zuckte zusammen, zog seine Füße mit einem Ruck vom Tisch und drückte die Stummschalttaste. »Tut mir furchtbar Leid, Phoebe«, sagte er. »Daniel ist dran.«

»Häh?«, sagte Phoebe.

»Daniel. Lemond. Der Typ, mit dem du dich triffst.«

»Warte mal«, erwiderte Phoebe verwirrt. »Du sprichst jetzt seit zehn Minuten mit Daniel?«

»Kann schon sein.« Ryan zuckte mit den Schultern. »Er ist echt cool, weißt du? Besser als die meisten deiner Freunde.«

Phoebe runzelte die Stirn. »Letztens hast du noch gesagt, er sei total durchgeknallt.«

»Auf keinen Fall. Da lag ich wohl falsch«, widersprach Ryan. »Er ist super drauf. Den solltest du dir warmhalten.«

»Alles klar.« Phoebe spürte, wie eine Welle des Unbehagens sie durchströmte. Normalerweise war Ryan nicht so wankelmütig. Sie nahm das Telefon und drückte auf eine Taste. »Hallo?«

»Hallo, Liebes«, sagte Daniel.

Phoebes Puls schlug schneller. Er hatte sie »Liebes« genannt! »Selber hallo«, sagte sie.

»Ich wollte nur anrufen, um zu sagen, dass du mir fehlst.«

»Obwohl wir uns erst gestern Abend gesehen haben?«, fragte sie.

»Natürlich«, sagte Daniel leise. »Ich kann es gar nicht erwarten, dich wieder zu sehen.«

»Ich auch nicht«, gab Phoebe zurück.

»Ich würde furchtbar gerne noch mit dir reden, aber ich muss mich jetzt wieder an die Arbeit machen«, sagte Daniel. »Dein Assistent hat mich so lange aufgehalten.«

»Ich weiß, tut mir Leid.« Phoebe warf einen Blick auf Ryan. »Ich hab keine Ahnung, was das sollte.«

»Kein Problem. Solange ich nur deine Stimme höre, bin ich glücklich«, sagte Daniel. »Bis bald.«

Phoebe kämpfte gegen den Impuls an, einfach weiterzureden, damit er nicht aufhängte. »Okay. Bis dann.«

Sie legte den Telefonhörer auf und setzte sich zurück, um das warme Gefühl zu genießen, das Daniel immer bei ihr zurückließ.

»Was hat er denn gesagt?«, fragte Ryan, der in diesem Moment den Kopf in ihr Büro steckte.

»Dass er mich vermisst.« Phoebe drehte sich in ihrem Stuhl glücklich von einer Seite zur andern, aber Ryan verzog das Gesicht zu einer Grimasse.

»Er vermisst dich? Das ist doch irgendwie schmalzig«, bemerkte er.

»Überhaupt nicht! Das ist total süß.« Obwohl, jetzt, da Ryan es erwähnte, schien es schon ein bisschen wie etwas, das ein Achtklässler sagen würde. »Jedenfalls klang es total süß, als er es sagte«, fügte sie deshalb hinzu.

»Und wann trefft ihr euch wieder?«

»Ich bin nicht sicher«, sagte Phoebe. »Ich wünschte, ich könnte ihn schon heute Abend wieder sehen. Es ist fast schon, als ob ich nach ihm süchtig wäre oder so. Aber wir haben nichts Konkretes ausgemacht.«

»Na, was soll's? Ihr mögt euch, also geh doch einfach bei ihm vorbei.« Ryan warf einen Ordner auf ihren Schreibtisch. »Die interessanten Briefe von heute. Ich hol mir jetzt Kaffee. Willst du auch einen?«

»Klar, danke.« Phoebe biss sich auf die Lippe, während sie über seinen Vorschlag nachdachte. Vielleicht sollte sie Daniel wirklich einfach mal besuchen. Sie könnte nach der Arbeit bei ihm vorbeischauen, ihm vielleicht ein paar Blumen bringen. Schließlich war er so nett gewesen, für sie zu kochen, da wäre es doch nur höflich, diese Geste zu erwidern.

Sobald sie den letzten Anruf des Tages erledigt hatte, ergriff Phoebe ihre Tasche und steuerte den kleinen Blumenladen an der Ecke, in der Nähe der Zeitungsredaktion an. Sie kaufte einen riesigen Strauß Callas und fuhr zu Daniels Apartment.

Als sie die Treppe hinaufging, überkam Phoebe ein Anflug des Zweifels. Sie war zwei Mal mit diesem Typen ausgegangen, und jetzt brachte sie ihm Blumen … Es erschien ihr irgendwie verrückt. Aber immer, wenn sie mit ihm zusammen war, mochte sie ihn so schrecklich gern. Es war nur schwierig, sich zu erinnern, warum das so war, wenn er nicht direkt vor ihr stand. Jedenfalls war sie jetzt schon den ganzen Weg hergekommen, also konnte sie es auch genauso gut durchziehen. Sie holte tief Luft und klopfte an die Tür.

Einen Augenblick später öffnete Daniel. Sein Gesicht erbleichte, als er sie sah. »Phoebe«, sagte er.

Sie fühlte sich augenblicklich besser. Worüber hatte sie sich eigentlich Sorgen gemacht? Natürlich mochte sie Daniel. Er war großartig.

»Hallo. Die hier sind für dich«, sagte sie und hielt ihm die Callas hin.

Daniel stand einfach nur da und starrte sie mit weit aufgerissenen Augen an.

»Ich weiß, normalerweise verschenkt der Mann die Blumen, aber ich dachte ... na ja, ich wollte dir noch einmal für das gestrige Abendessen danken.« Phoebe machte einen Schritt auf ihn zu. »Und ich wollte dich sehen.«

Daniel blieb regungslos im Türrahmen stehen.

»Daniel? Darf ich reinkommen?«, fragte sie. Langsam wurde sie wieder ein wenig nervös.

»Nein«, sagte er und versperrte ihr weiterhin den Weg.

Phoebes Augenbrauen schossen nach oben. »Warum denn nicht?«

»Du hättest Bescheid sagen sollen, dass du vorhast zu kommen«, sagte Daniel mit aufgewühlter Stimme. »Du kannst doch nicht einfach so hier auftauchen. Das funktioniert so nicht!«

Während Phoebe ihn fassungslos ansah, trat er wieder hinein und schlug die Tür zu – direkt vor ihrer Nase.

4

»Okay, es wird Zeit, dass das ein Ende hat«, verkündete Piper am Freitagmorgen. Sie kam gerade mit Wyatt auf der Hüfte in die Küche spaziert.

»Das habe ich ihr auch schon gesagt«, stimmte Paige zu und wedelte mit ihrer Gabel in Phoebes Richtung. »Daniel ist ganz eindeutig ein Kontrollfreak. Und er ist eindeutig unheimlich. Sie muss ihn loswerden.«

Phoebe seufzte und nahm einen Schluck von ihrem Kaffee. »Ich hasse es, wenn ihr euch gegen mich verbündet.«

Piper setzte Wyatt in sein Hochstühlchen und begann, ihn zu füttern. »Eigentlich sprach ich von Leos Erkältung. Er ist immer noch schrecklich krank, und ich habe es satt! Ich möchte, dass du deinen Erkältungsvernichtungszauber bei ihm anwendest, Paige.«

»Aber er wollte das doch nicht«, erinnerte Paige sie.

»Weiß ich. Aber ich ertrage es nicht mehr. In den wenigen Stunden, die ich im letzten Monat mit meinem Mann verbracht habe, lag er stöhnend im Bett, während ich ihm Tee und Taschentücher bringen durfte.«

»Du siehst auch ganz schön gestresst aus«, warf Phoebe ein. Piper hatte sich an diesem Morgen noch nicht einmal die Haare gekämmt, dabei kämmte sich Piper sonst immer.

»Ich kümmere mich sowieso schon die ganze Zeit ganz allein um Wyatt.« Piper seufzte. »Leo ist überhaupt keine Hilfe – erst sind es seine Pflichten als *Wächter des Lichts*, dann diese Erkältung … Langsam macht es mich wirklich wütend.«

Phoebe wandte sich an Paige. »Dann wende den Zauber

an. Piper und Leo brauchen dringend etwas Zeit für sich, und die Feier ihres Hochzeitstages steht auch immer noch an.«

»Wenn du ihn noch heute Morgen kurierst, können wir heute Abend ausgehen«, sagte Piper. »Bitte?!«

»Von mir aus. Aber ich übernehme nicht die Verantwortung, wenn Leo wütend wird.« Paige stand auf, um den Trank zu brauen.

»Nur fürs Protokoll: Ich stimme Paige zu«, sagte Piper zu Phoebe. »Daniel ist eindeutig merkwürdig. Das ist jetzt das dritte Mal, dass er total unhöflich zu dir war. Klar ist er süß, aber so süß kann ein Typ überhaupt nicht sein, dass er dir einfach ungestraft die Tür vor der Nase zuknallen darf.«

»Er hat sie ja nicht direkt zugeknallt«, protestierte Phoebe schwach.

»Phoebe«, begann Piper mit ihrer für Standpauken reservierten Stimme.

In diesem Augenblick vibrierte Phoebes Handy in der Tasche ihres Blazers. Rettung in letzter Sekunde! »Entschuldige, ich muss da drangehen«, sagte sie und sprang vom Tisch auf. Sie drückte hastig die Sprechtaste ihres Telefons. »Hallo?«

»Phoebe? Ich bin's, Daniel.«

Phoebe atmete tief durch. Sie wünschte sich nichts mehr, als ihn anzuschreien, aber schon der Klang seiner Stimme sandte einen Schauer über ihren Rücken.

»Hallo«, sagte sie und wandte sich von ihren Schwestern ab, gerade als Paige mit ihrem Vernichtungszauber begann.

»Ich wollte mich für gestern Abend entschuldigen. Mir ist klar, dass ich sehr unhöflich war«, sagte Daniel mit Bedauern in der Stimme. »Ich hoffe nur, du kannst mir vergeben.«

Irgendetwas in Phoebe sehnte sich danach zu sagen: ›Natürlich‹. Aber sie zwang sich, sich daran zu erinnern, wie aufgebracht sie gewesen war, als sie Daniels Haus mit einem großen, dämlichen Blumenstrauß im Arm verlassen hatte. »Du hast mir die Tür vor der Nase zugeknallt«, sagte sie anklagend.

»*Geknallt* habe ich sie nicht«, widersprach er.

Sie konnte einfach nicht anders: Sie lächelte.

»Aber ich hätte das wirklich nicht tun dürfen«, fügte er schnell hinzu. »Das war einfach unentschuldbar.«

Phoebe wusste nicht, was sie sagen sollte. Die schlichte Wahrheit war, alleine seine Entschuldigung zu hören, reichte, um ihm zu vergeben. Dennoch, sie wusste, dass sich ihre Schwestern mit dieser Erklärung nicht zufrieden geben würden. Und damit hatten sie vielleicht sogar Recht.

»Was soll das heißen, das war unentschuldbar?«, fragte sie. »Warum hast du mich denn nicht reingelassen?«

»Ich … ich wollte nicht, dass du meine Wohnung in diesem Zustand siehst. Da herrschte gestern das totale Chaos«, erklärte Daniel.

»Aber ich war doch am Abend vorher da, und da war alles tadellos in Ordnung«, erinnerte Phoebe ihn.

»Ich weiß. Ich bin halt komisch in dieser Beziehung. Ich konnte es nicht ertragen, dass du siehst, was für ein Durcheinander ich an nur einem einzigen Tag verursachen kann. Du bist so perfekt, und ich wollte einfach gut genug für dich sein.«

Phoebe entspannte sich langsam. Es war schlichtweg unmöglich, böse auf ihn zu sein, wenn er so etwas sagte.

»Okay, ich verzeihe dir. Aber ich bin alles andere als perfekt. Und du musst auch nicht dauernd versuchen, einen guten Eindruck auf mich zu machen. Das hast du doch schon längst.«

»Kann ich es vielleicht heute Abend wiedergutmachen?«, fragte Daniel.

»Ich habe schon etwas vor«, sagte Phoebe bedauernd. »Meine Chefin veranstaltet einmal im Monat ein Arbeitsessen, und da muss die gesamte Redaktion hin.«

»Und wie wär's dann mit Nachtisch?«, fragte er. »Du könntest doch nach dem Abendessen kommen. Ich hab dann alles vorbereitet. Das ist meine Art, mich für gestern zu entschuldigen.«

»Du hast doch schon gesagt, dass es dir Leid tut. Mehr ist gar nicht nötig.«

»Aber ich möchte es dir persönlich sagen«, sagte er leise.

Phoebes Herzschlag beschleunigte sich. »Na ja, wenn du es so ausdrückst …«

»Dann bis heute Abend«, schloss Daniel.

Sie legte gerade auf, als Leo in die Küche gestürmt kam.

»Guten Morgen, alle zusammen!«, rief er bestens gelaunt.

»Geht's dir wieder besser?«, fragte Piper.

»Viel besser.« Leo griff sich eine Scheibe Toast von Pipers Teller und biss hungrig hinein. »Was für eine Erleichterung. Ich bekam kaum noch Luft, so verschleimt war ich.«

»Das klingt ja, als ob du endlich fit für unsere Verabredung wärst«, sagte Piper. »Das könnten wir doch heute Abend nachholen.«

Leo machte ein langes Gesicht. »Also, ich weiß nicht, Liebes. Ich muss eine ganze Menge aufholen. Ich habe mich jetzt zwei Tage lang um keinen meiner Schützlinge kümmern können, und gerade eben hat Kerria mich gerufen.

Ich muss mich vergewissern, dass es ihr gut geht. Sie hat immer noch nicht die volle Kontrolle über ihre Kräfte.«

»Dann mach dich mal besser gleich auf den Weg«, sagte Piper. »Denn ich *weiß*, dass du heute um halb acht zu Hause sein wirst, damit wir zum Abendessen ausgehen können.«

Ihr Tonfall sagte Leo alles. Er nickte bloß. »Dann bis später.« Er gab ihr einen Kuss, winkte Paige und Phoebe zu und orbte aus der Küche.

»Offensichtlich ist ihm unser Hochzeitstag völlig gleichgültig«, beschwerte sich Piper. »Ich muss keifen und nörgeln, nur damit er einmal mit mir ausgeht.«

»Er hat einfach viel zu tun«, versicherte Phoebe ihr. »Und Männer haben nun mal keine Ahnung.«

»Wo wir gerade von ›keine Ahnung‹ sprechen, das war doch eben Daniel am Telefon, oder?«

»Ja. Wir treffen uns heute Abend«, sagte Phoebe glücklich.

»Um mit ihm Schluss zu machen?«, fragte Piper.

»Nein. Er hat mir alles erklärt. Er wollte nur nicht, dass ich das Chaos in seiner Wohnung zu Gesicht bekomme. Er bemüht sich, einen guten Eindruck bei mir zu hinterlassen, und hatte befürchtet, dass ich die Lust verliere, wenn ich merke, wie schlampig er ist.«

Phoebes Schwestern starrten sie an, als ob sie den Verstand verloren hätte.

»Was denn?«, fragte Phoebe.

»Das ergibt überhaupt keinen Sinn«, antwortete Piper. »Wie schlimm kann das Chaos schon gewesen sein? Und warum ist er dann nicht wenigstens zu dir in den Flur hinausgegangen, wenn er schon nicht wollte, dass du seine Wohnung betrittst?«

Phoebe runzelte die Stirn. »Das weiß ich auch nicht.«

»Ernsthaft«, fügte Paige hinzu. »Er hätte dir keinesfalls die Tür vor der Nase zuknallen dürfen. Er hätte doch sagen können ‚Meine Wohnung sieht gerade schrecklich aus, aber vielen Dank für die Blumen'.«

»Das stimmt schon.« Phoebe dachte an ihr Gespräch mit Daniel zurück. »Ich weiß auch nicht. Als Daniel es sagte, schien es einen Sinn zu ergeben.«

»Also, servierst du ihn nun ab oder nicht?«, fragte Paige.

Phoebe dachte darüber nach. Jedes Mal, wenn sie Daniel traf oder mit ihm telefonierte, fühlte sie sich vor lauter Glück nahezu berauscht. War das allein nicht schon so außergewöhnlich, dass er eine weitere Chance verdiente?

»Ich glaube nicht«, sagte sie langsam. »Das mit gestern schien ihm aufrichtig Leid zu tun. Ich denke, ich werde ihm noch eine Chance geben.«

Piper und Paige sagten weiter nichts dazu, aber Phoebe wusste, dass sie sie für übergeschnappt hielten. Und sie begann sich zu fragen, ob sie damit womöglich Recht hatten.

»Bist du sicher, dass ich diesmal reinkommen darf?«, fragte Phoebe, als Daniel ihr an diesem Abend die Tür öffnete.

Er setzte sein anbetungswürdiges schiefes Lächeln auf. »Ich habe die ganze Wohnung geschrubbt, nur für dich.«

Phoebe trat ein und gab ihm rasch einen Kuss. »Das wäre nicht nötig gewesen. Wenn du schlampig bist, bist du eben schlampig, das ist mir völlig egal. Ich möchte einfach nur dein wahres Ich kennen lernen.«

»Ich glaube nicht, dass dir mein wahres Ich gefallen würde«, sagte Daniel. »Und deshalb sollst du lieber mein *vollkommenes* Ich sehen.«

»Ich möchte aber überhaupt keinen perfekten Mann«, gab Phoebe zurück. »Ich möchte einfach nur jemanden, mit dem ich reden kann, jemanden, dem etwas an mir liegt.«

»Das möchte ich gerne beides für dich sein«, gab Daniel zurück. »Aber trotzdem werde ich alles tun, damit der heutige Abend perfekt wird.«

Er nahm sie bei der Hand und führte sie durch das Apartment zur Wohnzimmercouch. Im Kamin loderte ein Feuer, und Daniel hatte den Couchtisch mit einem Seidentuch bedeckt. In einem Eiskühler wartete eine Flasche Champagner auf sie. Daneben stand ein Fonduetopf mit geschmolzener Schokolade und auf einem Teller lagen große, rote Erdbeeren.

»Erdbeeren«, sagte Phoebe mit einem Anflug von Enttäuschung.

»Sehen sie nicht fantastisch aus? Ich bin zu zwei verschiedenen Märkten gegangen, um die allerschönsten zu finden«, sagte Daniel.

»Sie sehen wirklich wunderschön aus«, sagte Phoebe bedauernd. »Ich kann sie nur leider nicht essen.«

»Was? Warum nicht?«

»Ich bin allergisch.« Phoebe atmete das Aroma der geschmolzenen Schokolade ein. »Das hier kann ich aber schon essen!«

»Ich kann nicht fassen, dass du gegen Erdbeeren allergisch bist«, rief Daniel panisch. »Ich dachte, die wären völlig sicher! Ich meine, Erdnüsse und so ein Zeug, das kann ich ja noch verstehen, aber ich hätte nie gedacht, dass man gegen Erdbeeren allergisch sein kann. Ich bin so ein Idiot!«

Phoebe starrte ihn schockiert an. »Es ist doch nicht schlimm. Man kann alles Mögliche in Schokolade tauchen, und es schmeckt total lecker. Ich könnte auch einfach einen Löffel nehmen und die Schokolade pur essen.«

Aber Daniel lief mit bleichem Gesicht durchs Zimmer. Er schien ihr gar nicht zuzuhören.

»Nur schade, dass du dir ganz umsonst solche Mühe gemacht hast«, setzte Phoebe hinzu. Sie griff nach seiner Hand. »Wir können trotz allem jetzt unseren Nachtisch genießen.«

»Nein. Alles ist ruiniert!«, rief Daniel. »Es sollten in Schokolade getauchte Erdbeeren mit Champagner sein. Das gehört zusammen. Es ist romantisch. Und das kann man nicht einfach so ändern! Ich weiß gar nicht, was ich jetzt machen soll.«

Phoebe wusste, dass sie nicht lächeln sollte, wo er sich so aufregte. Aber sie fand es süß, dass er so darauf versessen war, alles perfekt für sie zu gestalten. »Setzen wir uns doch und trinken Champagner«, schlug sie vor.

Aber Daniel riss seine Hand weg. »Nein. Ich werde ... ich werde gar nicht wissen, was ich sagen soll.«

»Was du sagen sollst?«, wiederholte Phoebe. »Aber wozu denn?«

»Zu allem!«, schrie Daniel. »Du musst jetzt gehen.«

»Wie bitte?«

»Entschuldige. Ich wollte nur ... ich möchte ja nicht unhöflich sein. Aber alles läuft schief. Wir müssen es verschieben. Wie wär's mit morgen Abend?«

»Ähm, das ist in Ordnung«, sagte Phoebe verwirrt. »Aber eigentlich möchte ich viel lieber einfach unser heutiges Date fortsetzen.«

»Nein. Nichts würde richtig laufen, und ich stehe dumm da.« Daniel schritt zur Wohnungstür und öffnete sie. »Bitte!«

»Ich mache mir wirklich nichts aus Erdbeeren«, protestierte Phoebe.

Daniel antwortete nicht.

Phoebe starrte ihn einen Augenblick lang an. Er konnte ihr nicht mal in die Augen sehen. Er schwitzte, und sein Atem ging so schnell, dass sie sich fragte, ob er möglicherweise hyperventilierte. »Okay«, lenkte sie schließlich ein. Sie nahm ihre Handtasche und ging zur Tür. »Gute Nacht.« Sie machte Anstalten, ihm einen Kuss zu geben, aber Daniel fuhr zusammen und wich ihr aus.

Traurig trat Phoebe auf den Flur hinaus.

»Tut mir Leid«, sagte er noch einmal und schloss die Tür. Als sie zurück in Halliwell Manor war, hatte sich Phoebes Traurigkeit allerdings schon in Ärger verwandelt. Wie konnte Daniel manchmal so süß und verständnisvoll sein, und dann wieder so merkwürdig abweisend? Und warum mochte sie ihn immer noch so sehr? Schließlich kannte sie ihn doch kaum!

»Ich bin so wütend!«, verkündete sie, als sie das Haus betrat. Piper und Paige standen in der Empfangshalle, wo sich soeben ein magisches weißes Licht auflöste.

»Du meinst, du bist wütend?«, rief Piper. »Mein Mann hat mich gerade versetzt – schon wieder!«

»Das ist übel«, sagte Phoebe. »Was ist denn diesmal passiert?«

»Kerria hat ihn gerufen, und er *musste* gehen«, antwortete Piper verbittert.

»Na ja, er muss ja auch gehen, wenn ihn einer seiner Schützlinge ruft«, wandte Paige vorsichtig ein.

»Dieses Mädchen ruft ihn alle zwanzig Sekunden«, erregte sich Piper. »Dass sie sich nicht mal alleine die Schuhe zubinden kann, ist noch lange kein Grund, meine Ehe zu ruinieren. Leo muss endlich lernen, Nein zu sagen.«

»Sieht so aus, als ob sein Schützling lernen muss, gewisse Grenzen zu respektieren«, sagte Phoebe. »Kann Leo nicht die Ältesten um Hilfe bitten? Vielleicht gibt es ja so eine Art Ersatzwächter.«

»Ist mir vollkommen egal«, schimpfte Piper. »Das ist jetzt das dritte Mal, dass ich mich wie verrückt auf ein Date gefreut habe, nur um von meinem eigenen Mann enttäuscht zu werden. In der Zwischenzeit kümmere ich mich hier um Wyatt und alles. Das ist nicht fair! So sollte ein Ehe nicht laufen.«

»Ist Leo eigentlich klar, wie sauer du bist?«, erkundigte sich Phoebe.

»Oh ja. Er meint, das sei alles nur vorübergehend.« Piper seufzte. »Dass unser Hochzeitstag auch nur ein Tag sei und dass wir das Wesentliche nicht aus den Augen verlieren sollten. Aber das ist mir so was von egal. Ich brauche ein bisschen Romantik in meinem Leben, oder ich drehe durch!«

»Romantik wird ganz schön überbewertet«, murmelte Phoebe.

»Was ist denn passiert?«, fragte Paige.

»Daniel hat sich schon wieder sonderbar benommen. Er hat für uns zum Nachtisch Erdbeeren gekauft.«

»Die verträgst du doch nicht«, sagte Piper.

»Ich weiß. Und das ist ja auch nicht weiter tragisch, oder?«, erwiderte Phoebe. »Aber er ist ausgerastet. Er sagte, alles wäre ruiniert und unser Date sei vorbei.«

Paige stieß einen leisen Pfiff aus. »Alles klar. Er ist ein Kontrollfreak.«

»Total«, stimmte Piper zu.

»Meint ihr wirklich?«, fragte Phoebe.

»Du tauchst bei ihm vor der Tür auf, wenn er dich nicht erwartet – und er wird damit nicht fertig. Du sagst, du bist allergisch gegen sein Essen – und er wird damit nicht fertig.« Paige schüttelte den Kopf. »Ganz offensichtlich ist er von allem Unerwarteten überfordert.«

»Was bedeutet, dass er alles um sich herum kontrollieren muss«, fügte Piper hinzu. »Damit das Unerwartete nicht passiert.«

Phoebe ging ins Wohnzimmer, gefolgt von ihren Schwestern. »Ich wünschte, er könnte mal entspannen. Er muss doch gar nichts tun, außer einfach dazusitzen und mit mir zu reden. Er ist so toll – wenn er nicht gerade total durchgeknallt ist.«

Piper und Paige tauschten Blicke aus.

»Nur leider ist er ziemlich oft total durchgeknallt«, meinte Piper. »Ich versteh einfach nicht, wieso du dir das gefallen lässt.«

»Ja, das sieht dir überhaupt nicht ähnlich«, stimmte Paige zu.

Phoebe zuckte mit den Schultern und ließ sich auf die Couch fallen. »Ich mag ihn einfach. Sogar heute Abend, als er ausgerastet ist, fand ich ihn immer noch irgendwie niedlich. Er wollte doch nur, dass für mich alles perfekt ist. Das ist romantisch.«

»Im Moment scheinst du es aber nicht so niedlich zu finden«, bemerkte Piper.

»Das stimmt.« Phoebe runzelte die Stirn. »Ich frage mich nur, was sich inzwischen geändert hat.«

»Am besten begrenzt du den Schaden«, schlug Paige vor. »Vergiss den komischen Kauz, und such dir jemand Neues.«

Aber bei der Vorstellung, Daniel niemals wieder zu sehen, verwandelte sich Phoebes Magen in einen harten Klumpen. Er war so nett und süß und … na ja … sie konnte es nicht genau beschreiben. Wenn sie sich trafen, hatte er einfach etwas Unwiderstehliches an sich.

»Ich möchte ihn aber nicht aufgeben«, sagte sie schließlich. »Was wäre, wenn ich für morgen einen kompletten Abend planen würde? Meint ihr, das könnte funktionieren?«

Piper hob eine Augenbraue. »Du willst dich immer noch mit diesem Typ treffen?«

»Jawohl. Und wenn ich die ganze Planung übernehme, braucht er doch nicht mehr das Gefühl zu haben, alles kontrollieren zu müssen, stimmt's?«, sagte Phoebe. »Dann würde ihm alles abgenommen.«

»Ich bin nicht sicher, ob das so funktioniert«, entgegnete Paige.

»Ich werde ihm ganz einfach sagen, dass wir es so machen.« Je länger Phoebe über ihren Plan nachdachte, umso begeisterter war sie davon. Ihr Gesicht fühlte sich ziemlich heiß an, darum zog sie ihren Blazer aus, um etwas abzukühlen. »Ich werde sagen, dass ich alles erledige und er sich um nichts kümmern muss. Dann kann er einfach entspannen und damit aufhören, alles perfekt machen zu wollen. Vielleicht schafft er es dann sogar, sich ein bisschen zu öffnen und mir zur Abwechslung mal etwas über sich zu erzählen.«

»Es könnte aber auch sein, dass er auf diese Weise das Gefühl hat, dass er überhaupt nichts mehr unter Kontrolle hat«, wandte Piper ein.

Phoebe musste niesen. »Glaub ich nicht. Er mag mich wirklich, das sagt er mir immer wieder. Also sollte er mir auch so weit vertrauen, dass ich mal einen Abend lang das Kommando übernehme.« Sie nieste wieder. »Habt ihr hier irgendeine neue Duftkerze aufgestellt?«

»Nein.« In Paiges Augen stand Sorge. »Fühlst du dich nicht gut?«

»Doch, doch.« Phoebe stand auf. »Ich bin nur auf einmal so erschöpft. Und es ist so heiß hier drin.«

Piper und Paige sahen auf die Pullover, die sie anhatten.

»Nein, eigentlich nicht«, sagte Piper.

»Also, mir ist jedenfalls heiß.« Phoebe nieste. »Ich geh jetzt ins Bett.«

»Phoebe? Bist du sicher, dass du keine Erkältung hast?«, fragte Paige nervös. »Mein Zauber hat Leo heute Morgen geheilt, aber vielleicht funktioniert er ja immer noch nicht richtig.«

»Sei nicht albern«, widersprach Phoebe. »Mir geht's gut.«

5

»Mir geht's gar nicht gut«, sagte Phoebe am nächsten Morgen, als sie Paiges Schrank nach Schuhen durchforstete, die sie sich leihen könnte. »Meinst du, dass das *Absinthe* Hühnerbrühe auf der Speisekarte stehen hat?«

»Warum … du … sowieso … bist?«, lautete Paiges Antwort.

»Was?«, stutzte Phoebe. »Anscheinend ist nicht nur meine Nase verstopft, sondern auch meine Ohren. Ich versteh überhaupt nichts.«

»Warum sagst du Daniel für heute Abend nicht ab? Du wirst sowieso nicht viel Spaß haben, so erkältet, wie du bist«, brüllte Paige.

»Auf gar keinen Fall. Ich werde hingehen, und wir werden einen wunderbaren, romantischen Abend erleben.« Phoebe hustete und drehte sich dabei vom Schrank weg, damit sie nicht die gesamte Garderobe ihrer Schwester infizierte. »Meinst du, ich kann zu diesem Rock Pumps tragen, oder soll ich lieber Stiefel anziehen?«

Paige zog ein Paar Cowboystiefel aus ihrem Schrank und hielt sie Phoebe hin. »Zieh die hier an«, sagte sie laut. »Es tut mir wirklich Leid, dass ich dich krank gemacht habe!«

»Was ist denn bloß mit deinem Zauberspruch los?«, fragte Phoebe und setzte sich aufs Bett, um die Stiefel anzuziehen.

Paige biss sich auf die Unterlippe. »Ich weiß auch nicht. Es geht dauernd schief. Stell dir mal vor, was wäre, wenn dasselbe mit einem Vernichtungszauber für Dämonen passiert! Ein Dämon wird vernichtet, und ein paar Stunden später taucht der nächste auf …«

»Vielleicht ist eine der Zutaten schlecht geworden.« Phoebe stand auf und krümmte sich, als ein scharfer Schmerz durch ihren Kopf schoss. Gegen diese Kopfschmerzen halfen bestimmt keine Tabletten.

»Vielleicht. Ich sollte sie jedenfalls alle mal überprüfen«, sagte Paige. »Sonst ... Angst ... im Eimer sind.«

Phoebe starrte ihre Schwester mit zusammengekniffenen Augen an und versuchte, ihr die Worte von den Lippen abzulesen, da sie sie leider nicht allzu gut hören konnte.

Paige schüttelte den Kopf. »Du solltest heute Abend wirklich zu Hause bleiben.«

»Ich gehe aus.« Phoebe überprüfte ihre Frisur im Spiegel und ging dann zur Treppe. Sie war fest entschlossen, wenigstens eine schöne Verabredung mit Daniel zu haben, komme, was wolle.

Eifrig an einem Hustenbonbon lutschend, fuhr sie zu seiner Wohnung. Sie hatte alles bis ins winzigste Detail geplant: Zuerst würde sie sich mit ihm hinsetzen und ihm erklären, dass sie heute Abend die Verantwortung für ein perfektes Date übernommen hatte. Dann würden sie ins *Absinthe* gehen, wo sie für sie beide bestellen würde, damit sich Daniel deswegen nicht den Kopf zerbrechen müsste. Danach würden sie ein bisschen am Alamo Square spazieren gehen, und dann würden sie zu Daniels Wohnung zurückkehren, wo sie ihm noch einen Gutenachtkuss geben und dann nach Hause aufbrechen würde. In diesem Plan gab es keinen Platz für Ausraster. Es würde ein einfaches, elegantes Rendezvous werden.

Abgesehen von meinem ständigen Husten und Niesen, dachte sie frustriert.

Phoebe schleppte sich die Stufen bis zu Daniels Wohnungstür hoch. Zu ihrer Überraschung stand sie offen.

»Hallo?«, rief sie. »Daniel?«

Aus der Küche waren Stimmen zu hören. Phoebe blieb zögernd auf der Schwelle stehen. Sollte sie hineingehen, oder würde Daniel das aus dem Gleichgewicht bringen?

»… müssen jetzt aber wirklich gehen«, hörte sie ihn sagen.

»Aber wo bin ich?«, fragte eine weibliche Stimme.

Alles klar! Ich gehe rein, beschloss Phoebe. Sie ging kurz entschlossen auf die Küche zu, blieb aber in der Tür stehen, als sie die Frau sah, die am Tisch saß. Die *alte* Frau, die am Tisch saß. Sie hatte weißes, zu einem Dutt geknotetes Haar, sie trug eine Schürze, auf der »Williams Markt« stand, und machte ein ziemlich verwirrtes Gesicht.

»Ähm, hallo«, rief Phoebe.

Daniel drehte sich erleichtert zu ihr um. »Hallo, Phoebe«, sagte er. »Ich bin froh, dass du da bist.«

»Was ist denn hier los?«, fragte sie.

»Ich bin mir nicht sicher«, antwortete Daniel. »Das ist Olive.«

»Hallo, meine Liebe«, sagte die alte Dame.

»Hallo, Olive.« Phoebe setzte sich ihr gegenüber an den Tisch. »Sind Sie eine Verwandte von Daniel?«

»Oh, nein. Ich kenne ihn überhaupt nicht«, erklärte Olive freundlich.

Phoebe sah Daniel fragend an, der nur mit den Schultern zuckte. »Olive ist mir aus dem Laden nach Hause gefolgt.«

»Ich arbeite drei Abende die Woche im Williams Markt am Empfang«, sagte Olive. »Da sehe ich wenigstens mal was anderes.«

»Das ist toll«, erwiderte Phoebe. »Aber … warum sind Sie Daniel nach Hause gefolgt?«

»Nun, das möchte ich auch gerne wissen, meine Liebe«, sagte Olive. »Ich sagte Guten Abend zu ihm, als er das Geschäft verließ, wie wir das so machen. Wir sagen Hallo und Auf Wiedersehen.«

Phoebe beugte sich nach vorne, in dem Versuch, besser zu hören. Olive sprach nicht allzu laut, und Phoebes Kopf war immer noch völlig verquollen. »Wie bitte? Sie haben also Guten Abend zu ihm gesagt?«

»Ja, und er grüßte zurück. Er ist ein sehr höflicher junger Mann.«

Phoebe lächelte Daniel an. »Ich weiß. Aber wie kommen Sie denn hierher?«

»Er sagte Guten Abend, und ich bin ihm einfach gefolgt.« Olive wirkte genauso durcheinander, wie Phoebe sich fühlte.

»Hast du denn nicht gemerkt, dass sie dir folgt?«, fragte sie Daniel.

»Ich habe telefoniert«, antwortete er. »Mein Handy klingelte, als ich den Laden verließ, und als das Gespräch beendet war, war ich auch schon zu Hause. Und sie war direkt hinter mir.«

»Ich weiß nur noch, dass ich dachte, das ist aber ein netter junger Mann, und dann hörte ich ihn mit seinem Freund reden«, sagte Olive. »Aber ich bin mir nicht einmal sicher, wo ich hier eigentlich bin. Ich wollte auch meinen Posten im Geschäft überhaupt nicht verlassen.«

»Es ist gar nicht weit«, versicherte Daniel ihr. »Ihr Geschäft liegt gleich auf der anderen Seite des Blocks.«

»Möchten Sie vielleicht, dass wir Sie dorthin begleiten?«, fragte Phoebe.

»Oh, nein, Schätzchen. Einmal um den Block zu gehen schaffe ich gerade noch.« Olive kicherte.

Phoebe wusste nicht, was sie von dem Ganzen halten sollte. Ihr verquollener Kopf ließ alles völlig unwirklich erscheinen. Sie fragte sich, ob sie vielleicht Fieber hatte und anfing zu halluzinieren.

»Olive, haben Sie so was früher schon einmal gemacht?«, fragte sie.

»Natürlich nicht!«, rief Olive. »Das ist ja das Komische daran. Aber ich schätze, Sie möchten jetzt lieber allein sein. Was für ein hübsches Paar Sie beide abgeben.«

Sie stand auf und bewegte sich langsam auf die Tür zu. Äußerlich schien mit ihr alles in Ordnung zu sein, registrierte Phoebe, und sie machte auch keinen geistig verwirrten Eindruck. Sie war schlimmstenfalls ein bisschen durcheinander. Und sie hatte es offensichtlich überhaupt nicht eilig zu gehen. Sie blieb an der Wohnungstür stehen und strahlte sie an.

»Wir bringen Sie wirklich gerne zurück zur Arbeit«, bot Phoebe noch einmal an.

»Nein, nein, das schaff ich schon«, erwiderte Olive. »Was für ein netter junger Mann.« Endlich drehte sie sich um und ging.

Phoebe sah Daniel an und beide mussten lachen.

»Was war *das* denn?«, fragte Phoebe.

»Ich habe keine Ahnung. Ich muss auf Frauen wohl irgendwie unwiderstehlich wirken. Ich brauche mich nicht mal besonders anzustrengen.«

»Ja klar«, spottete Phoebe. Sie wusste, dass er nur einen Witz machen wollte, aber auf einmal schien das alles gar nicht mehr komisch. Er war in der Tat auf eine seltsame

Weise unwiderstehlich, und sogar sie war sich nicht sicher, woran das lag.

»Ich dachte … selbst gemachte Pizza Margherita«, sagte Daniel. »Ich … zum Markt … frische Tomaten zu kaufen.«

»Häh?«, fragte Phoebe. »Tut mir Leid. Meine Erkältung ist mir auf die Ohren geschlagen, deshalb höre ich schlecht.«

»Armer Schatz«, rief er, diesmal deutlich lauter. »Du hättest nicht kommen müssen, wenn du dich krank fühlst.«

»Ich wollte aber. Ich habe den perfekten Abend für uns geplant«, erklärte Phoebe. »Ich weiß, dass du dich unter Druck setzt, damit alles ganz wunderbar für mich wird, deshalb möchte ich heute Abend mal alles wunderbar für dich machen. Wir haben in zwanzig Minuten im *Absinthe* einen Tisch.«

»Aber ich mache Pizza«, sagte Daniel.

»Was?«

»Pizza. Ich habe schon mit dem Teig angefangen.« Daniel deutete auf die Küche.

»Ich möchte aber keine Pizza«, entgegnete Phoebe. »Ich habe reserviert. Ich musste deswegen sogar jemanden daran erinnern, dass er mir noch einen Gefallen schuldet. Es wird sehr romantisch werden.«

»Ich hatte geplant, dass wir hier essen«, widersprach Daniel. »Ich mache Pizza.«

»Ich weiß!«, schnappte Phoebe. »Das sagtest du schon.«

»Entschuldige. Ich dachte, du hast mich vielleicht nicht gehört.«

»Ich hab dich gehört. Aber ich habe Pläne für heute Abend«, beharrte sie. »Ich möchte, dass du dich mal entspannst und alles mir überlässt. Es ist schließlich nicht fair, dass du die ganze Arbeit für unsere Verabredungen übernimmst.«

Daniel holte tief Luft. Er wirkte beunruhigt. »Das ist wirklich lieb von dir, Phoebe, aber es ist nicht nötig.«

»Ist doch kein Problem. Wir sollten jetzt gehen« sagte sie und stand auf. »Ich möchte nicht zu spät kommen.«

»Ich möchte lieber hierbleiben«, widersprach Daniel.

Phoebe fühlte, wie Wut in ihr aufstieg. Das sollte also ihr großartiges, romantisches Date werden ... Na, das fing ja toll an!

»Warum denn?«, fragte sie. »Kannst du nicht einen Abend lang mal alles mir überlassen?«

»Aber du bist krank«, sagte Daniel. »Würdest du dich hier nicht viel wohler fühlen als in einem überfüllten Restaurant?«

»Nein«, sagte sie.

»Ich habe aber schon mit Kochen angefangen«, erklärte er.

Phoebe warf einen Blick in die Küche. Auf einer Steinplatte lag roher Pizzateig. Sonst war nichts zu sehen. Daniel wurde zusehends unruhiger, er trat von einem Fuß auf den anderen und wirkte sehr nervös. Der ganze Abend war einfach nur beunruhigend seltsam: erst die fremde Frau aus dem Laden, dann Daniels Weigerung, mit ihr ins Restaurant zu gehen. Und ihr schmerzender Kopf machte die Sache auch nicht einfacher. Daniel hatte keinen vernünftigen Grund, zu Hause zu bleiben. Olive hatte keinen vernünftigen Grund, ihm zu folgen. Und Phoebe wurde auf einmal klar, dass sie keinen vernünftigen Grund hatte, sich noch einmal mit Daniel zu treffen.

»Weißt du was?«, sagte sie. »Ich fühle mich wirklich nicht gut. Ich geh jetzt nach Hause.«

»Aber was ist denn mit unserem gemeinsamen Essen?«, fragte er.

Sie musterte sein Gesicht. Er sah noch nicht einmal so gut aus wie vorher. Phoebe fiel es normalerweise sehr schwer, sich von Daniel zu verabschieden, aber in diesem Augenblick hatte sie damit nicht das geringste Problem.

»Tut mir Leid«, sagte sie einfach. Dann ging sie, ohne noch einen Blick zurückzuwerfen.

»Vielleicht sollte ich ein paar Eukalyptusblätter gegen den Schleim dazutun«, sagte Paige eine Stunde später.

Statt einer Antwort stöhnte Phoebe nur. Seit sie von Daniel nach Hause gekommen war, saß sie am Küchentisch und hatte den Kopf auf die Arme gelegt.

»Die brauchst du nicht in einen Trank zu tun«, sagte Piper und nahm Paige die getrockneten Eukalyptusblätter weg. »Ich lege sie in eine Schüssel mit kochend heißem Wasser, und Phoebe kann den Dampf inhalieren, das wird ihr helfen.«

Phoebe hob ihren bleischweren Kopf und blinzelte ihre Schwestern an. »Irgendwas stimmt nicht«, krächzte sie.

»Ich weiß. Du hast eine tierische Erkältung«, antwortete Paige. »Ich arbeite schon daran. Ich werde ganz andere Zutaten benutzen und dann denselben Zauberspruch aufsagen. Wenn es funktioniert, bedeutet das, dass einer der Bestandteile falsch war. Wenn es nicht funktioniert, bedeutet das, dass der Vernichtungszauber an sich fehlerhaft ist.«

Phoebe schüttelte den Kopf, was sie allerdings sofort bereute. »Au! Nein, ich meine, mit Daniel stimmt was nicht.«

»Er ist ein Kontrollfreak«, nickte Piper. »Genau wie wir dir gesagt haben.«

»Er ist ein Superkontrollfreak«, berichtigte Paige. »Er erträgt es nicht mal, dass du die Planung eines einzigen Abends übernimmst.«

»Da steckt mehr dahinter«, sagte Phoebe. »Ich weiß noch nicht genau, was es ist, aber diese Sache mit der alten Dame war wirklich zu merkwürdig.«

»Damit hast du allerdings Recht«, antwortete Piper, während sie den Kessel aufsetzte, um Wasser heiß zu machen.

»Fand Daniel es denn genauso seltsam wie du?«, fragte Paige.

»Kann ich gar nicht sagen«, gab Phoebe zu. »Aber ich fühlte gleich, als ich zur Tür hereinkam, dass da etwas nicht stimmte. Normalerweise bin ich einfach nur glücklich, sobald ich ihn sehe. Ich finde ihn schrecklich attraktiv. Heute Abend aber nicht, wenigstens nicht so wie sonst.«

»Du vielleicht nicht, aber Olive schon«, witzelte Paige.

»Willst du damit etwa sagen, dass er über irgendeine Art von Macht verfügt?«, wollte Piper wissen. »Etwas Übernatürliches?«

Phoebe stöhnte und ließ ihren Kopf wieder auf ihre Arme fallen. »Ich weiß überhaupt nichts mehr.«

»Ich hab den Kerl ja noch nie getroffen«, warf Paige ein, »aber er klingt gar nicht wie dein Typ. Und trotzdem bist du bereit, ihm eine Chance nach der anderen zu geben, um die Sache mit dir in Ordnung zu bringen. Normalerweise bist du nicht so geduldig.«

»Tausend Dank«, murmelte Phoebe.

»Glaubst du, dass er sich möglicherweise mit einem Liebeszauber belegt hat?«, fragte Piper. »Einem, der nicht nur Phoebe angezogen hat, sondern auch Olive aus dem Laden.«

»Und ein paar zankende Katzen von der Straße«, fügte Phoebe hinzu. »Oh, nicht zu vergessen meinen Assistenten, Ryan.«

»Ganz schön mächtiger Zauber«, fand Paige.

»Du hast doch gesagt, dass er nicht gerne über sich selbst redet«, sann Piper nach. »Also ist alles, was wir wirklich über ihn wissen, dass er über eine Art magische Anziehungskraft verfügt. Ich schätze, die Ursache dafür könnte durchaus ein Liebeszauber sein.«

»Wenn das so ist, klingt es aber nicht allzu gefährlich«, sagte Paige.

»Das stimmt schon. Aber jeder, der mit Magie herumexperimentiert, kann eine Gefahr für uns darstellen«, erwiderte Piper. »Wer weiß schon, was er wirklich vorhat? Uns haben schließlich schon viele Typen Fallen gestellt.«

»Also, was sollen wir tun?«, fragte Phoebe.

»*Du* solltest jetzt zehn Minuten lang inhalieren und dann ins Bett gehen«, antwortete Piper. Sie goss das heiße Wasser in eine Schüssel voller Eukalyptusblätter und stellte sie vor Phoebe hin. Paige warf ihr ein kleines Handtuch hin und sie beugte sich gehorsam über den Dampf. »*Ich* werde den morgigen Tag damit verbringen, Daniel zu beobachten. Wollen doch mal sehen, was er so treibt, wenn er nicht gerade versucht, dich zu beeindrucken.«

Piper lehnte sich gegen die hölzernen Streben der Parkbank und gähnte. Ein rascher Blick zur Seite zeigte ihr, dass Wyatt immer noch friedlich in seinem Kinderwagen schlief. »Du hast vielleicht Glück!«, murmelte sie. Ein Nickerchen wäre jetzt wirklich nicht schlecht.

Daniel saß seit einer halben Stunde auf einer drei Meter

entfernten Parkbank und las ein Buch über Eventmanagement. Er hatte sich weder bewegt noch auch nur aufgesehen. Wenn er ein Bösewicht mit übernatürlichen Kräften war, dann war er jedenfalls der langweiligste Schuft aller Zeiten.

Und er war auch längst nicht so süß, wie sie gedacht hatte, als sie ihn auf der Museumsgala hatte sprechen sehen. Was fand Phoebe bloß an ihm? Und warum fühlten sich überhaupt so viele Menschen – und Tiere – von ihm angezogen? Piper zückte ihr Handy und wählte Paiges Nummer. »Wie lange muss ich denn noch hier bleiben?«, fragte sie, als ihre Schwester dranging.

»Du bist doch erst seit einer Stunde weg«, antwortete Paige.

»Das ist echt der ödeste Mensch auf dem ganzen Planeten«, beschwerte sich Piper.

»Wir haben doch abgemacht, dass du ihm einen Tag lang folgst.«

»Ich habe aber nicht den Eindruck, dass er vorhat, sich heute noch mal zu bewegen«, nörgelte Piper. Da erklang eine flotte elektronische Merengue-Melodie und Daniel fuhr zusammen. Er legte sein Buch hin und durchsuchte seinen Rucksack nach seinem Handy.

»Jetzt macht er endlich mal was. Ich ruf dich wieder an«, sagte Piper zu Paige. Sie beendete das Gespräch und legte sich ihr eigenes Buch so zurecht, dass sie Daniel beobachten konnte, während es so aussah, als würde sie lesen.

»Hallo?«, sagte er eben. »Warum hast du mich denn nicht sofort zurückgerufen?« Sein Gesichtsausdruck wirkte besorgt, und seine großen blauen Augen suchten den Park ab.

Piper starrte ihn heimlich an. Sie hatte gar nicht gemerkt, dass er so schöne Augen hatte.

»Aber es war der totale Reinfall«, sagte Daniel jetzt. »Ich weiß noch nicht mal, was eigentlich los war.«

Armer Junge, dachte Piper. Er klingt wirklich ziemlich verstört.

Dann sprang Daniel plötzlich auf und ging den Weg entlang. Überrascht schob Piper ihr Buch in die Wickeltasche, packte den Griff des Kinderwagens und folgte ihm.

»... macht immer wieder Dinge, mit denen ich nicht rechne«, sagte Daniel. »Aber ich habe gemacht, was du mir gesagt hast. Ich bin nicht in Panik geraten. Ich bin ganz ruhig geblieben und habe versucht, sie dazu zu überreden, sich an meine Pläne zu halten, aber sie ist trotzdem weggegangen.«

Er redet über Phoebe, merkte Piper. Über ihren letzten Abend.

»Das ist echt übel, Mann«, fuhr Daniel fort. »Vielleicht spricht sie nie wieder ein Wort mit mir. Es funktioniert nicht!« Er lauschte für einen Augenblick stumm, dann sagte er: »Nein, ich gebe sie noch nicht auf. Aber wir müssen etwas anderes versuchen.«

Phoebe hat Recht, dachte Piper. Er ist tatsächlich attraktiv. Und es ist süß, wie er sich über das geplatzte Date aufregt.

»Ich trau mich nicht sie anzurufen, bevor wir nicht eine Strategie haben«, sagte Daniel. »Ich möchte nicht alles noch schlimmer machen. Kannst du nicht vorbeikommen und mit mir üben oder so? Das ist vielleicht meine letzte Chance.«

Mittlerweile hatten sie den Hauptweg erreicht, der aus dem Park herausführte, und Daniel setzte sich auf einmal in Trab, um die grüne Ampel an der Kreuzung zu erreichen.

Piper blieb seufzend zurück. Mit Wyatts Kinderwagen konnte sie nicht rennen. »So viel zu unserem großen Daniel-Verfolgungstag«, sagte sie zu ihrem schlafenden Sohn.

Als sie Daniel in der Fußgängermenge auf dem Bürgersteig der gegenüberliegenden Straßenseite verschwinden sah, durchlief ein Schauer ihren Körper. Es fühlte sich an, als würde eine unsichtbare Hand versuchen, sie hinter ihm herzuzerren. Sie wollte nicht, dass er ging. Ohne ihn fühlte sich sogar die Luft kühler an.

»Er hat definitiv etwas«, murmelte sie.

6

»Er hat definitiv etwas«, sagte Piper mit einem breiten, verträumten Lächeln. »Ich hatte ganz vergessen, wie gut er aussieht.«

Phoebe rieb sich die trüben Augen und starrte ihre Schwester an. Piper lächelte sonst niemals breit und verträumt. Und es war ihr für gewöhnlich völlig egal, ob ein Mann gut aussah oder nicht. »Ergibt das, was sie sagt, irgendeinen Sinn?«, fragte sie Paige.

»Nein«, antwortete Paige knapp. »Ganz und gar nicht.«

»Ich hab mich schon gefragt, ob es vielleicht an meiner Erkältung liegt«, überlegte Phoebe. »Piper, du hast also gehört, wie Daniel mit einem Fremden am Telefon über mich gesprochen hat.«

»Er hat sich schrecklich darüber aufgeregt, dass euer Date schiefgegangen ist. Es war richtig süß«, sagte Piper. »Er wollte herausfinden, wie er es das nächste Mal besser machen kann.«

»Ja, klar, weil er sie in eine üble Falle locken will«, warf Paige von ihrem Platz am Frühstückstresen ein. »Erde an Piper: Ihre Fehler in Sachen Romantik zu diskutieren ist nichts, was Männer normalerweise tun.«

Piper dachte einen Moment lang darüber nach. »Vielleicht nicht. Aber es schien mir das Normalste der Welt zu sein.«

Phoebe trank einen Schluck Tee, um ihren kratzenden Hals zu beruhigen. Ihre Erkältung war wirklich grauenhaft – und sie wurde überhaupt nicht besser. »Was hat er noch getan?«

»Er saß einfach nur da und las ein Buch über seine Arbeit. Dann hat er telefoniert. Und dann habe ich ihn aus den Augen verloren«, berichtete Piper.

»Hast du nicht versucht, ihn wieder zu finden?«, fragte Paige.

Piper zuckte mit den Schultern. »Das schien mir einfach nicht so wichtig zu sein. Ich hatte doch schon alles gehört, was ich wissen musste.«

»Dass er darüber diskutiert, wie er sich Phoebe gegenüber am besten verhalten soll.«

»Ja. Das beweist doch, dass er ein guter Mensch ist, der sie glücklich machen will.« Piper runzelte nun selbst die Stirn über das, was sie gerade von sich gegeben hatte. »Aber das beweist in Wirklichkeit gar nichts, oder?«

»Nö.« Phoebe seufzte. »Genauso geht es mir mit Daniel auch immer. Alles, was er sagt, scheint völlig vernünftig zu sein, und er ist so ein lieber Kerl und so süß ...«

»Und wenn du dann später noch mal darüber nachdenkst, ergibt nichts davon mehr einen Sinn«, beendete Piper ihren Satz.

»Wenn ich über dieses Telefongespräch nachdenke, scheint er mir überhaupt kein lieber Kerl mehr zu sein«, setzte Paige hinzu.

»Das letzte Mal, als wir uns sahen, fand ich ihn auch gar nicht mehr so toll«, sagte Phoebe verwirrt. »Er sah noch nicht mal so gut aus wie sonst. Ich versteh das nicht.«

»Da geht eindeutig etwas Merkwürdiges vor«, stellte Paige fest. »Niemand schafft es ohne Magie, dass Piper so sentimental wird.«

»He!«, rief Piper.

Paige ignorierte sie. »Ich denke, jetzt werde *ich* ihm mal

ein Weilchen folgen«, fuhr sie fort. »Vielleicht finde ich ja mehr heraus.«

»Ich hab doch eine ganze Menge herausgefunden«, protestierte Piper.

Phoebe warf ihr einen skeptischen Blick zu.

»Was denn?«, fragte Piper. »Ich habe herausgefunden, dass er sich noch mal mit dir verabreden will. Und dass er in Sachen Romantik gerne Ratschläge von irgendeinem Typen am Telefon annimmt.«

»Ich fürchte, wir brauchen ein bisschen mehr als das«, sagte Paige.

»Höchstwahrscheinlich wird es dir ergehen wie uns«, erwiderte Phoebe. »Du wirst ihm hinterherlaufen und denken, dass alles, was er tut, einfach wunderbar ist.«

»Vielleicht sollte ich erst mal mit ein bisschen Aufklärungsarbeit anfangen«, schlug Paige vor. »Ich könnte in seiner Wohnung oder seinem Büro herumschnüffeln. Wenn er nicht da ist, kann mir auch sein böser Blick nichts anhaben, richtig?«

»Vermutlich nicht«, sagte Piper.

»Meint ihr denn, er hat irgendwo Aufzeichnungen versteckt, in denen er in allen Einzelheiten seine finsteren Pläne, wie er sich am besten an mich ranmachen kann, notiert hat?«, fragte Phoebe.

»Kann man nie wissen. Manche Bösewichter sind ganz schön dumm«, erklärte Paige.

»Wir sind doch nicht mal sicher, ob er ein Bösewicht ist«, erwiderte Piper. »Aber wenn irgendetwas Übernatürliches vorgeht, dann gibt es für gewöhnlich auch Spuren. Ich denke, in diesem Fall wirst du sicher etwas in seinem Apartment finden.«

»Ich werde morgen dorthin orben und ein bisschen Detektiv spielen, während er auf der Arbeit ist«, versprach Paige. »Aber heute muss ich erst mal Phoebes Erkältung verschwinden lassen.«

»Das wird aber auch Zeit«, murmelte Phoebe.

Paige hielt ein Fläschchen mit Zaubertrank hoch. »Diesmal habe ich Bockshornklee anstelle von rotem Klee und Beifuß benutzt. Das hilft gegen Halsentzündungen *und* Husten. Und Eukalyptus statt Kamille. Und Tragant anstelle von Salbei und Sonnenhut.«

Phoebe zog die Nase kraus. »Das klingt ja ekelig.«

»Du musst es schließlich nicht trinken«, sagte Paige. »Es ist ein Vernichtungselixier.« Sie warf es nach Phoebe und sagte den Zauberspruch auf.

Phoebe zuckte zusammen, als das Fläschchen mit dem Trank auf dem Tisch vor ihr zerschellte und mit einem Schlag seine Magie freisetzte. Sie hatte in ihrem Leben schon so einige Vernichtungselixiere auf andere geworfen, war aber bisher noch nie selbst Ziel eines solchen Zaubers geworden. Es war irgendwie beunruhigend.

Aber dann stiegen die Dünste in die Luft auf und umschwebten ihren Kopf, bevor sie verschwanden. »Riecht gut«, sagte sie. »Hey! Ich kann wieder riechen!« Sie holte tief Luft und lächelte. Sie hatte seit Tagen nicht mehr richtig durchatmen können. Ihr Hals tat nicht mehr weh, ihre Augen tränten nicht mehr, und sie merkte mit einem Mal, dass sie aus dem oberen Stockwerk etwas hörte. »Ich kann auch wieder hören!«, sagte sie glücklich. »Wyatt weint.«

Piper lauschte kurz, sprang dann auf und lief zur Treppe. »Sieht so aus, als ob du geheilt bist«, rief sie über die Schulter zurück. »Das habe ja noch nicht mal ich gehört.«

Phoebe lehnte sich auf ihrem Stuhl zurück und überließ sich der Erleichterung, endlich wieder gesund zu sein. »Wir sollten das Zeug in Flaschen abfüllen und verkaufen«, scherzte sie.

Aber Paige war nicht nach Scherzen zu Mute. »Warten wir erst mal ab, ob es diesmal wirklich funktioniert hat. Sonst muss ich Nachhilfe in Heilungszauber nehmen.«

»Paige!«, schrie Phoebe am Montagmorgen. »Paige!«

Paige setzte sich in ihrem Bett auf und gähnte. »Was?«, rief sie zurück. Ihre Tür öffnete sich, und Phoebe erschien, komplett für die Arbeit angezogen.

»Wolltest du heute nicht zu Daniels Wohnung?«, fragte Phoebe.

»Ja.« Paige blinzelte ihre Halbschwester schläfrig an. »Warum?«

»Es ist schon fast zehn Uhr«, antwortete Phoebe. »Du solltest dich langsam auf den Weg machen.«

»Meine Güte, und dafür der ganze Aufstand?«, brummte Paige und kletterte aus dem Bett. »Ich wollte ihm nur genug Zeit lassen, zur Arbeit zu gehen. Nicht jeder fängt schon um acht Uhr an, weißt du? Nimm dich zum Beispiel.«

»Ich habe gestern Abend noch lange gearbeitet«, protestierte Phoebe. »Da habe ich es wohl verdient, ein Stündchen länger zu schlafen.«

Paige hob die Augenbrauen.

»Ich möchte endlich wissen, was mit Daniel los ist«, gab Phoebe zu. »Es macht mich fertig, dass er gestern über mich gesprochen hat. Wenn das eine Falle für mich werden soll, dann möchte ich es lieber gleich wissen. Würdest du jetzt bitte gehen?«

»Schon gut, schon gut, ich geh ja schon«, sagte Paige. »Gib mir nur zehn Minuten.«

Neun Minuten später stand sie im Wohnzimmer von Daniels Apartment, während sich das weiße Licht um sie herum auflöste. Paige stand still und lauschte. Die erste Regel einer guten Aufklärungsmission war Stille. Man konnte nie sicher sein, was einen erwartete, wenn man an einen unbekannten Ort orbte. Vielleicht hatte Daniel ja einen heimlichen Zimmergenossen, dessen Morgen sie ruinieren würde … Nichts. Kein Laut, außer dem Verkehrslärm von der Straße.

Paige entspannte sich und blickte sich um. Die Wohnung war makellos. »Sieht ganz so aus, als ob Sie wegen Ihrer Schlampigkeit gelogen hätten, Mr Daniel Lemond«, murmelte sie. Das war nicht nur ein Fall von gewöhnlicher Ordnung – das war die Sauberkeit eines Ordnungsfanatikers. »Ungewöhnlich bei einem Mann«, sagte Paige zu sich selbst. »Aber nicht übernatürlich.«

Sie steuerte das Schlafzimmer an. Wenn er tatsächlich etwas Böses versteckte, dann war es sicher dort drin. Er konnte es schließlich nicht gut im Wohnzimmer oder in der Küche aufbewahren, wo Phoebe es bei ihren Verabredungen entdecken würde.

Sie stieß die Tür auf und trat in den abgedunkelten Raum. Das Bett war ordentlich gemacht, die Jalousien heruntergelassen. Paige machte Licht, aber das enthüllte ihr auch nichts Bemerkenswerteres als eine hölzerne Kommode und einen gemütlichen Stuhl in der Ecke. Sie zog die Schranktür auf und erblickte an der Kleiderstange eine Reihe passender Kleiderbügel mit Hemden und Hosen. Jeans und Pullover waren in den Fächern daneben gestapelt.

»Hier gibt's schon mal keine Zauberbücher«, bemerkte Paige. »Und auch keine Kristalle, Kerzen oder Opfermesser.« Es war der ganz normale Schrank eines ganz normalen Typen. Sie untersuchte rasch das Schuhregal und den Krawattenhalter. Nichts.

Im Badezimmerschrank fanden sich die üblichen Schmerztabletten und Toilettenartikel. Keine Flaschen mit Zaubertrank oder mit Blut gefüllte Phiolen oder was böse Menschen sonst so in ihrem Medizinschränkchen aufbewahrten.

»Was ist mit dir los, Daniel?«, fragte Paige, während sie zurück ins Wohnzimmer ging. »Könnte es sein, dass du wirklich nur ein niedlicher kleiner Kontrollfreak bist, der sich mit seinen Freunden darüber unterhält, wie er Phoebe am besten beeindrucken könnte?«

Sie ging zu einem riesigen Aquarium, das in die Wand hinter der Couch eingelassen war. Ein großer, leuchtend orangefarbener Fisch, dem Hörner aus dem Kopf wuchsen, schwamm träge zwischen den Korallen umher. Paige klopfte an das Glas, und der Fisch kam zu ihr. Sie beugte sich hinunter, um besser sehen zu können. Er war wunderschön. Aber auch kein Hinweis auf irgendeine, wie auch immer geartete Bösartigkeit seines Besitzers.

Mit einem Seufzer richtete sie sich wieder auf – und starrte in die glühenden gelben Augen eines Dämons.

Paige erstarrte. Der Dämon spiegelte sich im Glas des Aquariums. Er stand direkt hinter ihr und blickte ihr über die Schulter.

Sie wirbelte herum und hob ganz automatisch den Arm, um einen Feuerball zu schleudern.

Das Wohnzimmer war leer.

Alles stand an seinem Platz. Nichts bewegte sich. Es gab keinen Dämon. Es gab nicht den kleinsten Hinweis auf Magie in der Luft, kein Flimmern, nichts.

Paige drehte sich rasch wieder zum Aquarium um, aber das Einzige, was sich im Glas spiegelte, waren die Couch und der Fernseher. Keine gelben Augen. Kein Dämon.

Sie rannte in die Küche und blickte sich dort um. Kein Dämon. Langsam entspannte sie sich wieder. Die Wohnung war frei von Dämonen.

Aber hatte sie sich eben so getäuscht?

Paige lehnte sich gegen die Küchentheke und dachte nach. Welcher Dämon verschwand, ohne eine Spur zu hinterlassen? Und welcher Dämon würde nicht wenigstens versuchen, sie zu töten, bevor er verschwand?

Sie versuchte sich daran zu erinnern, wie er ausgesehen hatte, aber sie hatte ihn nur für den Bruchteil einer Sekunde erspäht, bevor er sich davongemacht hatte. Hatte sie sich das Ganze am Ende nur eingebildet?

Mit einem unguten Gefühl beschloss Paige, die Wohnung zu verlassen, Dämon hin oder her. Sie orbte wieder nach Hause. Piper war in Wyatts Zimmer und wechselte mit der einen Hand seine Windel, während sie sich mit der anderen ein Tuch über Mund und Nase hielt.

»Hey, riecht er so schlecht?«, sagte Paige in dem kläglichen Versuch, einen Witz zu machen.

Piper warf ihr einen eisigen Blick zu. »Ich hab' eide Erkältu'g«, sagte sie.

»Häh?«

»Eide *Erkältu'g*!«, wiederholte sie.

»Oh!« Paige fuhr zusammen. »Tut mir Leid. Warte, ich nehme Wyatt.« Sie verschloss die Windel, nahm ihn hoch und legte ihn für sein Nickerchen ins Kinderbett. Piper zog sich zur Tür am anderen Ende des Raums zurück, das Tuch nach wie vor fest vors Gesicht gedrückt.

»Ich will nicht, dass er sich wieder ansteckt«, sagte sie, als Paige zu ihr in den Korridor hinaustrat. Sie ließen die Tür einen Spaltbreit offen stehen und gingen nach unten.

»Du hast mich krank gemacht«, sagte Piper anklagend. »Du hast Phoebe geheilt und die Erkältung mir verpasst.«

Paige stöhnte. »Das heißt, es liegt am Zauberspruch. Ich habe sämtliche Zutaten des Zaubertranks ausgetauscht.«

Piper nieste. »Aber der Spruch hört sich gut an«, sagte sie. »Er müsste eigentlich funktionieren.«

»Vielleicht liegt es ja an mir«, sagte Paige langsam. »Meinst du, mit meinen Kräften stimmt vielleicht was nicht?«

»Ich weiß nicht«, antwortete Piper. »Hast du denn sonst noch Probleme?

»Eigentlich nicht.« Paige runzelte die Stirn. »Obwohl ich mir irgendwie eingebildet habe, ich hätte in Daniels Wohnung einen Dämon gesehen.«

»Was?«, rief Piper aus.

»Nur für eine Sekunde«, erklärte Paige schnell. »Vielleicht habe ich mir das auch nur eingebildet.«

»Was denn eingebildet?«, fragte Phoebe. Sie war gerade zur Haustür hereingekommen.

»Einen Dämon«, sagte Paige. »In Daniels Wohnzimmer.«

»*Was*?« Phoebe wurde blass.

»Ich bin nicht sicher«, fügte Paige rasch hinzu. »Ich habe mir sein Aquarium angesehen und dachte, ich sehe einen Dämon, der sich im Glas spiegelte. Aber als ich mich umgedreht habe, war er verschwunden. Vielleicht lag es bloß am Licht.«

»Was für ein Licht bringt dich denn dazu, Dämonen zu sehen?«, fragte Phoebe zweifelnd.

»Ich weiß auch nicht. Der Fisch sieht ziemlich komisch aus.« Paige zuckte mit den Schultern. »Vielleicht liegt es an ihm. Oder vielleicht habe ich Halluzinationen.«

Phoebes Mund bildete eine harte, schmale Linie. »Ich wusste, dass irgendetwas Böses im Gang ist.«

»Beruhige dich«, sagte Piper. »Wir wissen doch noch gar nichts Bestimmtes. Alles, was wir bis jetzt haben, ist, dass Daniel am Telefon über dich spricht und einen Fisch hat, der wie ein Dämon aussieht.«

»Ja. Und solltest du nicht eigentlich arbeiten?«, fragte Paige.

»Ich konnte mich nicht konzentrieren«, erklärte Phoebe. Sie ging ins Wohnzimmer, wo sie unruhig auf und ab zu gehen begann. »Meint ihr, dass Daniel ein Dämon ist?«

Paige runzelte die Stirn. »Wenn ja, warum habe ich ihn dann bloß im Glas gesehen? Er hätte mich doch schon in der Sekunde, in der ich reingeorbt bin, angreifen können.«

»Außerdem kommt er mir nicht wie ein Dämon vor, und ich habe auf diesem Gebiet ganz gute Instinkte«, bemerkte Piper. »Ich habe bei ihm keine dämonische Aura bemerkt.«

»Ich auch nicht, und ich habe doch ganz schön viel Zeit mit ihm verbracht«, ergänzte Phoebe. »Aber warum sonst sollte ein Dämon in seiner Wohnung sein?«

»Ich sage doch schon die ganze Zeit, dass ich mir nicht sicher bin, ob da überhaupt ein Dämon war«, protestierte Paige. Aber Phoebe war schon auf dem Weg in die Küche. Paige und Piper folgten ihr.

Phoebe schnappte sich das Telefon und begann zu wählen.

»Wen rufst du an?«, wollte Piper wissen.

»Daniel natürlich. Wenn er auf der Arbeit ist, dann kann Paige ihn nicht in seiner Wohnung gesehen haben.«

»Ich bin mir aber nicht sicher –«, begann Paige.

»Schsch!« Phoebe hielt einen Finger hoch. »Hallo, ich würde gerne mit Daniel Lemond sprechen.« Sie lauschte einen Augenblick mit gerunzelter Stirn. »Sind Sie sicher? Den ganzen Tag? Vielen Dank.«

»Was denn? Was ist los?«, drängte Paige, nachdem ihre Halbschwester aufgelegt hatte.

»Die Empfangsdame sagte, dass Daniel sich krankgemeldet hat. Er ist den ganzen Tag über nicht dort gewesen.« Phoebes Augen weiteten sich. »Was bedeutet, dass er zu Hause hätte sein können …«

»… und dass er der Dämon sein könnte, den Paige gesehen hat«, fügte Piper hinzu.

»*Vielleicht* gesehen hat«, verbesserte Paige.

»Oder aber der Dämon, den Paige gesehen hat, hat ihn angegriffen«, sagte Phoebe. »Er könnte in Gefahr sein.«

Paige holte tief Luft. Sie war nach wie vor nicht sicher, was sie gesehen hatte, aber es war offensichtlich, was sie nun zu tun hatten. Sie streckte ihre Hände nach ihren Halbschwestern aus. »Los, lasst uns in Daniels Wohnung orben – und zwar schnell!«

7

Phoebe ergriff Paiges Hand, und sie orbten in Daniels Wohnzimmer. Noch bevor das Licht verblasst war, hatte Phoebe Kampfstellung eingenommen. Ihre Augen huschten auf der Suche nach Feinden von einer Ecke des Raumes in die andere.

Alles wirkte ganz normal. Der Fernseher war an, irgendein Nachrichtenkanal lief. Der große orangerote Fisch beobachtete sie aus seinem Aquarium. Und Daniel saß am Küchentisch und starrte sie verblüfft an, während seine Hand mit einem Löffel voll Suppe auf halbem Weg zwischen Teller und Mund verharrte.

»Ups«, machte Paige.

»Phoebe?«, krächzte Daniel und ließ den Löffel mit einem Klirren auf den Teller fallen.

»Ähm ... hallo.« Phoebe setzte ein strahlendes Lächeln auf. »Tut mir Leid, dass wir dich in deiner Wohnung einfach so überfallen.«

»Sieht irgendeine von euch einen Dämon?«, fragte Piper hinter ihr flüsternd.

»Ich überprüfe das Schlafzimmer, du nimmst das Bad«, zischte Paige zurück. Sie verteilten sich in der Wohnung, während Phoebe in die Küche ging und so zu tun versuchte, als sei gar nichts Besonderes passiert.

»W-was machst du ...?« Daniel verstummte.

»Ich habe in deinem Büro angerufen, und dort hat man mir gesagt, dass du zu Hause bist«, antwortete Phoebe. »Wir – meine Schwestern und ich – dachten, du hättest vielleicht Ärger.«

Daniel runzelte die Stirn. »Warum soll ich denn Ärger haben?«

»Oh, es ist nur so, dass meine Schwester dachte, sie hätte einen – ähm, sie dachte, sie hätte vorhin einen unheimlichen Kerl in deiner Wohnung gesehen.«

»Deine Schwester hat meine Wohnung beobachtet?«, fragte er beunruhigt. Dann weiteten sich seine Augen. »Oder war sie *in* meinem Apartment? Ist sie so hereingekommen wie eben?«

Phoebe wusste nicht, was sie sagen sollte, aber sie hatte das deutliche Gefühl, dass ihr Gesichtsausdruck ihm verriet, wie Recht er hatte.

»Hör mal, ich weiß, dass dir das alles sehr seltsam vorkommen muss. Wahrscheinlich sogar unglaublich. Du hättest das eigentlich gar nicht mitbekommen sollen –«

»Also *war* sie in meiner Wohnung?«, unterbrach Daniel sie. »Warum?«

Phoebe blinzelte verwirrt. Das mit dem Orben schien ihn überhaupt nicht zu interessieren. Er regte sich anscheinend nur über den … na ja, den Einbruch auf. »Ähm …«

»Im Bad ist niemand«, verkündete Paige und kam zu ihnen in die Küche. Sie hielt Daniel ihre Hand hin. »Hallo, ich bin Paige.«

Sein Gesicht wurde puterrot, und er sprang so abrupt von seinem Stuhl auf, dass dieser fast umfiel. »Ja. Hallo«, murmelte er, ohne ihr in die Augen zu sehen.

Paige ließ ihre Hand langsam wieder sinken. »Tut mir Leid, dass wir dich stören, wo du doch krank bist«, sagte sie.

»Das Schlafzimmer ist sauber.« Piper kam in die Küche und nieste. »Und ich musste mir leider ein Taschentuch klauen. Ich hoffe, das ist okay.«

Daniel wich ein paar Schritte zurück und begann, mit dem Suppentopf herumzuhantieren. Er stellte ihn vom Herd auf die Arbeitsplatte und bemühte sich verzweifelt, Phoebe oder ihre Schwestern nicht anzusehen. »Ist schon gut.«

Piper warf Phoebe einen fragenden Blick zu. Phoebe zuckte mit den Achseln.

»Dann geht's dir also gut, Daniel? Es ist nichts Seltsames passiert?«

»Abgesehen davon, dass wir einfach so in deiner Wohnung aufgetaucht sind«, warf Paige ein.

»Nein, gar nichts.« Daniel sah immer noch keine von ihnen an. Normalerweise hätte Phoebe erwartet, dass er ausrasten würde, weil sie einfach so aus dem Nichts aufgetaucht waren. Aber Daniel schien eher verlegen zu sein. Er ließ ein paar Mal fast den Topf fallen, als er versuchte, den Rest Suppe in eine Plastikschüssel umzufüllen, und seine Wangen waren feuerrot.

»Du bist also krank, was?«, fragte Piper. »Ich habe auch gerade eine fürchterliche Erkältung. Was fehlt dir denn?«

»Äh, ich weiß nicht genau.«

»Warst du den ganzen Tag zu Hause?«

Daniel starrte sie nur wortlos an.

»Ist heute irgendjemand hier gewesen?«, fragte Paige ihn.

»Nein«, sagte er schnell.

»Bist du –«

»Ganz allein. Sonst ist niemand da«, beharrte er. Er blickte Phoebe an und gleich wieder weg. »Ich, äh, hier sieht's einfach schrecklich aus, und ich ...«

Und ich möchte wirklich, dass ihr jetzt geht, beendete

Phoebe seinen Satz in Gedanken. Sie hatte ihn noch nie so nervös erlebt. Das konnte sie ihm aber auch kaum verübeln. Die meisten Menschen würden ausflippen, wenn auf einmal drei Frauen in ihrem Wohnzimmer erschienen.

»Okay, also, wenn mit dir alles in Ordnung ist …« Sie schnappte sich ihre Schwestern und scheuchte sie zur Wohnungstür. »Wir reden dann später.«

Daniel sah sie nicht einmal an, als sie Piper und Paige nach draußen führte und die Tür hinter sich zuzog.

»Na, das war ja vielleicht peinlich!«, sagte Piper kopfschüttelnd im Flur.

»Ich schätze, wir hätten uns besser hierher und nicht gleich in die Wohnung orben sollen«, bemerkte Paige. »Tut mir wirklich Leid. Ich hatte bloß solche Angst, dass Daniel von einem Dämon angegriffen werden könnte. Oder so was Ähnliches.«

»Gehen wir nach Hause«, sagte Phoebe.

Paige orbte sie direkt in Wyatts Zimmer, damit sie nach ihm sehen konnten. Er schlief immer noch tief und fest, also schlichen sie auf Zehenspitzen aus dem Zimmer und auf den Dachboden hinauf.

»Ich versteh das einfach nicht«, sagte Phoebe. »Wenn Daniel wirklich den ganzen Tag über zu Hause war, wie kommt es dann, dass Paige ihn nicht gesehen hat, als sie da war?«

»Vielleicht hat sie ihn ja gesehen. Vielleicht war er der Dämon«, schlug Piper vor.

»Also, Leute, ich bin mittlerweile wirklich sicher, dass da gar kein Dämon war.« Paige ließ sich auf einen der alten Stühle plumpsen. »Außerdem, wenn Daniel ein Dämon wäre, hätte er mich doch angegriffen.«

»Und er wäre nicht so überrascht gewesen, als er hörte, dass du seine Wohnung beobachtet hast«, warf Phoebe ein. »Er ist kein Dämon. Das passt einfach nicht.«

»Da stimme ich zu«, nickte Piper. »Aber trotzdem hat er uns angelogen. Er war ganz eindeutig heute Morgen nicht zu Hause, sonst hätte Paige ihn gesehen.«

»Also, das heißt, er ist mit einer ungewöhnlichen Anziehungskraft ausgestattet und er spielt gerne den Kranken«, sagte Paige. »Und was sagt uns das?«

»Er könnte ein Bündnis mit dem Dämon eingegangen sein«, vermutete Phoebe.

Paige seufzte frustriert. »Wisst ihr was? Ich nehme alles zurück. Ich habe keinen Dämon gesehen. Ich habe bloß eine komische Reflexion im Aquarium gesehen. Das ist alles. Ansonsten denke ich, dass Daniel ein Kontrollfreak ist, der auf Phoebe steht.«

»Und der auf Katzen und alte Damen und Phoebes nicht schwulen Assistenten anziehend wirkt«, fügte Piper hinzu.

»Also, ich fand ihn heute nicht besonders anziehend«, widersprach Paige.

»Dazu hatte er gar keine Zeit. Er hat ja kaum ein Wort mit uns gewechselt«, sagte Phoebe. »Aber weißt du, was merkwürdig ist? Ich hatte den Eindruck, dass es nicht das Orben war, was ihn so aufgeregt hat. Das schien ihn gar nicht weiter zu beunruhigen.«

Piper nieste. »Tut mir Leid, Leute, ich muss jetzt dringend meinen Hustensaft nehmen und mich hinlegen. Phoebe, vielleicht könntest du Daniel einfach aus deinem Gedächtnis streichen. Er scheint jedenfalls keine Bedrohung für uns zu sein.«

»Ja, jetzt, wo du dich als durchgeknallte magische Stalkerin entpuppt hast, hat er vielleicht beschlossen, dass er es lieber doch nicht noch einmal mit dir versuchen möchte«, meinte Paige aufmunternd.

Phoebe schenkte ihr ein verkniffenes Lächeln. »Vielen Dank.«

Sie seufzte. Ganz egal, was ihre Schwestern auch sagten, sie wurde das Gefühl einfach nicht los, dass etwas nicht stimmte. Warum hatte Daniel sich nicht stärker darüber aufgeregt, dass sie wie aus dem Nichts in seiner Wohnung aufgetaucht waren? Warum hatte er so seltsam auf die Frage reagiert, ob er den ganzen Tag zu Hause gewesen wäre? Jedes Mal, wenn sie an den wunderbaren, lieben und lustigen Mann dachte, in den sie sich verliebt hatte, wollte sie einfach nur wieder mit ihm zusammen sein. Wie konnte dieser Wahnsinnstyp in etwas Böses verwickelt sein?

Als sie am nächsten Morgen aufwachte, waren Phoebes Gedanken immer noch bei Daniel. Sie warf einen Blick auf die Uhr – halb acht. Also noch mehr als genug Zeit, um vor der Arbeit bei ihm vorbeizuschauen. Vielleicht sollte sie einfach mal hinfahren und selbst nachschauen. Ihre Schwestern hatten nichts Beweiskräftiges gefunden, als sie Daniel verfolgt hatten. Vielleicht hatte sie ja mehr Erfolg.

Aber als sie dann vor Daniels Haus anhielt, wusste Phoebe nicht, was sie tun sollte. Sie konnte nicht hineinorben wie Paige. Und sie konnte ihn auch nicht verfolgen, solange er nicht herauskam. Vielleicht klopfe ich einfach an die Tür, dachte sie. Möglicherweise flippte er dann wieder aus wie das letzte Mal, als sie ohne Ankündigung aufgetaucht war. Doch sie schuldete ihm auch immer noch eine Erklärung für gestern.

Phoebe sprang aus ihrem Wagen und rannte zur Tür, bevor sie ihre Meinung wieder ändern konnte. Als sie bei Daniels Wohnung ankam, hob sie die Hand, um zu klopfen – und hörte auf einmal wütende Stimmen von drinnen.

Nichts Gutes ahnend beugte sie sich vor, um besser hören zu können.

»… habe mich total lächerlich gemacht!«, sagte Daniel gerade. »Ich habe sie nicht erwartet. Und ihre Schwestern sind genauso hübsch wie sie. Ich hab kaum ein Wort herausbekommen.«

»Hast du Phoebe gesagt, dass du sie anrufen würdest?«, fragte eine männliche Stimme.

Phoebe drückte ihr Ohr gegen die Tür. War das derjenige, mit dem sich Daniel am Telefon unterhalten hatte, als Piper ihm gefolgt war?

»Nein. Ich habe gar nichts gesagt«, erwiderte Daniel.

»Ich kann dir nicht dabei helfen, Phoebe zu erobern, wenn du immer gleich in Panik ausbrichst«, sagte der andere Typ. Seine Stimme war dünn und piepsig.

»Vielleicht sollte ich endlich mal den Tatsachen ins Auge sehen. Sie ist eine Nummer zu groß für mich«, sagte Daniel düster.

Ein warmes Gefühl breitete sich in Phoebes Körper aus. Daniel war so süß! Welcher Mann würde schon so viel Zeit damit verbringen, über seine Beziehung zu ihr nachzugrübeln? Oder gar mit seinen Freunden darüber reden? Es war wirklich niedlich.

»Darum bin ich ja da, um dir zu helfen«, sagte der andere. »Außerdem haben wir eine Abmachung.«

Eine Abmachung?, dachte Phoebe.

»Ich brauche deine Hilfe genauso sehr wie du meine«,

fuhr der Typ fort. »Und das bedeutet, dass du dir Phoebe angeln musst, ganz egal wie.«

Ich habe genug gehört, dachte Phoebe. Sie wusste nicht, wer dieser Typ mit der Fistelstimme war oder was er mit Daniel zu tun hatte. Aber eines wusste sie genau: Sein Interesse an ihr war eindeutig nicht gesund. Sie trat einen Schritt zurück, fixierte die Tür und sagte: »Mächte der Erde, hört mein Flehen; lasst dieses Hindernis nicht vor mir stehen.«

Eine Druckwelle durchlief die Tür von oben bis unten, dann schwang sie einfach nach innen auf. Phoebe sprang hindurch, während sich die beiden Männer in der Wohnung überrascht zu ihr umdrehten. Daniels Mund klappte auf. Und der Dämon war so schockiert, dass er geradewegs in die Luft sprang.

Dämon! Phoebes Instinkte übernahmen sogleich das Kommando, und sie ging augenblicklich in Kampfstellung. Sie starrte den Dämon an. Er war mit kleinen Beulen übersät, die wie Warzen aussahen, und seine Haut hatte eine fast violette Farbe. Seine Augen glühten gelb, als er sie ansah. Aber als sie ihr Bein hob, um ihm einen Halbkreistritt zu verpassen, wich er ihr schnell mit einem kleinen Aufschrei aus.

»Phoebe, hör auf!«, stieß Daniel hervor.

»Er ist ein Dämon«, rief sie. »Er ist böse.«

»Nein, ist er nicht.« Daniel stellte sich schützend vor den Dämon. Phoebe musste zugeben, dass dieses Ding, wie es da hinter dem Sofa kauerte, nicht allzu Furcht einflößend aussah. Trotzdem, ein Dämon blieb ein Dämon.

»Daniel, ich muss ihn vernichten«, rief sie.

Er wurde bleich. »Vernichten? Du meinst, ihn töten?«

»Ja.« Phoebe trat an ihm vorbei, und der Dämon stieß ein Wimmern aus.

»Halt sie auf. Lass nicht zu, dass sie mir wehtut«, rief er mit weinerlicher Stimme.

Phoebe rollte mit den Augen. »Welcher Dämon, der auch nur das kleinste bisschen Selbstachtung besitzt, jammert denn so rum?«

»Daniel«, winselte der Dämon.

»Du kannst ihn nicht umbringen«, sagte Daniel. Er nahm Phoebes Hand in die seine und blickte ihr fest in die Augen.

»Er ist wirklich nett. Sein Name ist Indar. Er ist ein guter Freund von mir.«

»Ach ja?«

»Ja.« Daniel lächelte sachte. »Ich kann es nicht zulassen, dass du ihm etwas antust, Phoebe.«

Sie starrte ihn einen Augenblick an. Irgendetwas schien hier nicht zu stimmen. Aber Daniel klang so vernünftig. »Es ist meine Aufgabe, Dämonen zu vernichten«, entgegnete sie unsicher.

»Aber ich kenne ihn. Er ist nicht böse.«

Sie schaute zu Indar. Seine gelben Augen huschten hektisch umher, als suchte er einen Fluchtweg. Er sah jetzt, da Daniel darauf hingewiesen hatte, in der Tat nicht besonders bösartig aus. Er war viel zu jämmerlich, um böse zu sein.

»Kannst du ihn nicht einfach in Ruhe lassen?«, fragte Daniel.

Phoebe nickte. »Ich schätze schon. Wenn du dir hundertprozentig sicher bist, dass er vollkommen harmlos ist.«

»Das bin ich.«

Indar grinste, wobei er zwei Reihen kleiner, bräunlicher Zähne enthüllte.

Phoebe wandte sich angewidert von ihm ab. »Ich gehe jetzt lieber«, sagte sie und ging auf die Tür zu. »Viel Spaß noch, Jungs.«

»Danke, Phoebe«, rief Daniel ihr hinterher.

»War mir ein Vergnügen«, sagte sie betont heiter und schloss die Tür.

8

»Du hast was?«, quietschte Paige zehn Minuten später auf dem Dachboden von Halliwell Manor.

»Na ja, ich hatte wirklich Mitleid mit ihm.« Phoebe blickte zwischen ihren Schwestern hin und her. »Und Daniel sagte, dass sie Freunde seien. Er heißt Indar.«

»Phoebe, das war ein Dämon.« Piper nieste, fuhr aber sofort mit ihrem Vortrag fort. »Es ist mir völlig egal, wie er heißt. Daniel steht also da und erzählt dir ganz nebenbei, dass er mit einem Dämon im Bunde ist ...«

»Mit einem Dämon befreundet ist«, protestierte Phoebe. Aber selbst das verbesserte ihre Lage nicht unbedingt.

»... und du hast gesagt ›wunderbar, wie schön für dich‹ und bist gegangen, ohne ihn zu vernichten«, fuhr Piper fort. »Hast du den Verstand verloren?«

»Aber Daniel hat gesagt, dass Indar nicht böse ist.«

Phoebes Worte hingen einen Moment lang in der Luft, während ihre Schwestern sie völlig verblüfft anstarrten.

»Wow!«, sagte sie schließlich. »Ich höre mich total bescheuert an. Aber so richtig.« Sie schob ihren Stuhl zurück, stand auf und ging langsam zum *Buch der Schatten* hinüber.

»Was hast du vor?«, fragte Paige.

»Ich schlage Indar nach.« Phoebe blätterte durch die alten, vergilbten Seiten auf der Suche nach dem kleinen violetten Schwächling.

»Pass nur auf, dass du meine Seite nicht verblätterst«, warnte Paige sie. »Ich versuche gerade, einen Heilungszauber zu finden, der den Erkältungsvernichtungszauber ersetzen könnte, den ich geschrieben habe.« Sie deutete auf die Schüssel mit heißem Wasser auf dem Schrankkoffer vor Piper.

»Dampf«, befahl sie.

Piper beugte sich über die Schüssel mit dampfendem Wasser und zog sich ein Handtuch über den Kopf.

»Ich habe noch nie einen Dämon getroffen, der so ein Weichei wie dieser war«, berichtete Phoebe. »Zu schade, dass es keinen Abschnitt für feige Dämonen gibt.«

»Weißt du, ich bin nicht davon überzeugt, dass Indar das einzige Problem ist«, ertönte Pipers Stimme unter dem Handtuch.

»Was willst du damit sagen?«, fragte Phoebe.

»Ich meine, dass es nicht Indar war, der dich aufgefordert hat, ihn nicht zu vernichten. Das war Daniel.«

»Und das heißt?«

»Das heißt, dass Daniel verkündet, dass ein Dämon sein Kumpel ist und dass der Dämon harmlos ist und du ihn nicht töten sollst«, warf Paige ein. »Und du hast zugestimmt.«

Piper lugte unter ihrem Handtuch hervor. »Und anschließend bist du nach Hause gekommen und hast uns davon erzählt, als wäre es das Normalste der Welt.«

»Zu diesem Zeitpunkt hat es mir auch noch vollkommen eingeleuchtet«, versuchte Phoebe sich zu verteidigen. »Was Daniel sagte, schien absolut vernünftig zu sein. Und Indar verhielt sich wie ein solcher Waschlappen, dass er überhaupt nicht bedrohlich wirkte.«

»Richtig. Und Piper hielt es für völlig vernünftig, dass Daniel eure Beziehung in allen Einzelheiten am Telefon diskutiert. Und die alte Dame aus dem Laden fand gar nichts dabei, Daniel bis nach Hause zu folgen«, zählte Paige auf.

Phoebe sah vom Buch hoch. »Und das heißt?«

»Das heißt, es muss einen Grund dafür geben, dass es Daniel immer wieder gelingt, dich dazu zu bringen, weiter mit ihm auszugehen, selbst wenn er sich wie ein kompletter Idiot aufführt«, antwortete Piper. »Und wenn er sich mit einem Dämon herumtreibt, liegt es wahrscheinlich daran, dass der Dämon ihn benutzt. Indem er ihm beispielsweise besondere Überredungskünste schenkt oder so.«

»Dann war Indar vielleicht gar kein Riesenfeigling«, sagte Phoebe langsam. »Vielleicht hat er nur so getan, um mich davon abzuhalten, gegen ihn zu kämpfen. In der Zwischenzeit hat er den armen Daniel benutzt, um mir weiszumachen, alles wäre in bester Ordnung.«

»Manche Dinge klingen einfach überzeugender, wenn du sie aus dem Mund eines süßen Typen hörst.« Paige seufzte.

»Ich kann es nicht fassen, dass ich den blöden Dämon nicht gleich vernichtet habe, als ich die Gelegenheit dazu hatte«, sagte Phoebe. Mit entschlossener Stimme fuhr sie fort: »Ich gehe wieder hin und hole das sofort nach. Paige?«

»Warte mal«, sagte Piper. Sie setzte sich auf, ihr Gesicht war ganz rot vom Dampf. »Wenn du dorthin zurückkehrst, wird dasselbe einfach noch mal passieren – Indar wird Daniel benutzen, um dich davon abzubringen, ihm etwas anzutun. Wir müssen Indar alleine erwischen.«

»Dann rufen wir ihn her zu uns.« Paige blätterte auf der Suche nach einem passenden Zauberspruch wieder im *Buch der Schatten*.

»Wir müssen aber herausfinden, was er mit Daniel gemacht hat, bevor wir ihn vernichten«, sagte Phoebe. »Wenn Daniel unschuldig ist und Indar ihn mit einem Zauber belegt hat, dann müssen wir unbedingt wissen, wie wir das rückgängig machen können.«

»Dann lasst uns diesen Spruch hier nehmen«, schlug Paige vor. »Wenn Indar einen Zauber gewirkt oder irgendeinen Talisman in Daniels Wohnung verborgen hat, dann wird der gleich mit herbeigerufen.«

Phoebe und Piper standen auf und lasen über ihre Schultern hinweg:

Hör unser Rufen, oh Quell der Magie.
Aus Daniels Heimstatt deine Kräfte jetzt zieh'.
Wir rufen dich geschwind herbei,
Stelle dich der Macht der Drei!

Ein magischer Wind wehte über den Dachboden, dass die Seiten des *Buchs der Schatten* raschelten. Dann erschien eine schimmernde Blase in der Mitte des Raums, die ihre Sicht auf das, was sich in ihr befand, entstellt wiedergab. Die Gestalt, die darin auftauchte, war durch die Verzerrung kaum zu erkennen.

»Ich denke, ich werde dieses Ding mal zum Platzen bringen«, sagte Phoebe. Sie ging zu der Blase und pikste mit dem Finger hinein. Daraufhin verschwand die Blase mit einem Knall und Phoebe fand sich Auge in Auge mit Daniel wieder.

»Daniel!«, rief sie.

»Phoebe?«, sagte er verwirrt. Er blickte sich panisch um. »Wo bin ich?«

»Auf unserem Dachboden«, antwortete sie.

»Und was mache ich hier?«

»Das wüssten wir auch gerne.« Piper näherte sich ihm nun mit vor der Brust verschränkten Armen. »Wir hatten eigentlich deinen dämonischen Freund erwartet.«

Daniels Augen huschten zu Phoebe. »Du hast gesagt, du würdest ihm nichts tun!«

Seine Stimme klang so anklagend, dass Phoebe ihre Gewissensbisse wie einen Schlag ins Gesicht fühlte. »Ich weiß, aber –«

»Darum geht's gar nicht«, unterbrach sie Piper. »Wir haben einen Zauberspruch aufgesagt, der Indar herbeirufen sollte, aber stattdessen ist Daniel aufgetaucht. Vielleicht sind sie am Ende doch ein und dieselbe Person.«

»Sind sie nicht«, sagte Phoebe. »Ich habe beide zur selben Zeit gesehen, weißt du nicht mehr?«

»Aber wie ist es dann möglich, dass Daniel auf unseren Zauber reagiert hat?«, wollte Paige wissen.

»Warum wollt ihr Indar herbeirufen, wenn ihr nicht vorhabt, ihm wehzutun?«, fragte Daniel. »Ich kann das wirklich nicht zulassen, Phoebe. Er versucht doch nur, mir zu helfen. Es wäre nicht fair, wenn er zum Dank vernichtet würde.«

Phoebe stand einmal mehr völlig hingerissen da und lauschte Daniels Stimme. Paige stand daneben und lächelte ihm zu. Aber Pipers Augen blitzten vor Zorn.

»Er versucht zu *helfen*?«, wiederholte sie argwöhnisch. »Er versucht dabei zu helfen, Phoebe in eine Falle zu locken, meinst du wohl. Ich habe gehört, wie ihr zwei euch am Telefon unterhalten habt. Du hast immer wieder gesagt, dass du sie unbedingt haben willst.«

»Natürlich. Ich möchte sie zur Freundin haben«, sagte Daniel. Diesmal wurden seine Wangen beinahe weinrot. »Ich habe gesagt, ich möchte, dass sie mich gern hat«, fuhr er mit leiser Stimme fort.

»Ooohhh!«, sagten Phoebe und Paige wie aus einem Mund.

Piper warf ihnen einen eisigen Blick zu. »Was ist denn bloß los mit euch? Wir haben die Quelle der Magie heraufbeschworen, und er ist erschienen. Ihr solltet ihn also lieber nicht anschmachten.«

Ein berechtigter Einwand. Und Phoebe wusste sehr gut, wie berechtigt der Einwand war. Aber sie konnte einfach den Gedanken nicht loswerden, dass Daniel der süßeste Mann der Welt war. Sie schüttelte den Kopf, versuchte logisch zu denken. »Aber er ist kein Dämon. Er ist ein Mensch«, sagte sie.

»Und er versucht auch gar nicht, uns anzugreifen oder so was«, fügte Paige hinzu.

»Er wundert sich aber auch nicht sonderlich darüber, dass er hier in unserem Haus steht, nachdem wir ihn mit einem Zauber hierher zitiert haben«, betonte Piper. »Und er hat Umgang mit Dämonen. Und ganz offensichtlich übt er irgendeine seltsame Macht über euch beide aus.«

»Das ist nicht fair«, widersprach Phoebe. »Du mochtest ihn auch, als du ihn verfolgt hast.«

»Ihr habt mich verfolgt?«, warf Daniel verblüfft ein.

»Das stimmt.« Piper runzelte die Stirn. »Warum mag ich ihn jetzt nicht mehr?«

»Ich mache doch überhaupt nichts!«, rief Daniel verzweifelt aus. »Warum solltest du mich nicht mögen?«

»Dafür gibt es keinen Grund«, versicherte Phoebe ihm. Paige nickte glücklich. Sie blickte Daniel an wie einen niedlichen kleinen Hundewelpen.

»Du hast meine Schwester davon abgehalten, einen Dämon zu vernichten, der direkt vor ihr stand!«, sagte Piper. »Einen Dämon, mit dem du offenbar im Bunde bist und der dir bei einer Verschwörung hilft, die das Ziel hat,

Phoebe in eure Gewalt zu bekommen. Also, warum sollte ich dich mögen?«

Phoebe musste zugeben, dass Piper nicht ganz Unrecht hatte. Sie wendete sich wieder Daniel zu, gespannt, wie er sein Tun rechtfertigen würde.

»Es ist keine Verschwörung«, erwiderte er. Und Phoebe glaubte ihm aufs Wort. Wenn er sagte, dass es keine Verschwörung war, dann war es auch keine Verschwörung.

»Wobei hilft Indar dir dann?«, wollte Piper wissen.

»B-beim Reden«, stammelte Daniel. »Ihr wisst schon … so romantisches Zeug. Liebesgeflüster und so.«

»Wie bitte?!«, sagte Piper.

Daniel stieß laut die Luft aus und errötete womöglich noch tiefer. »Ich kann mich einfach nicht so gut ausdrücken. Ich … ich kann nicht mit Frauen reden. Vor allem nicht mit hübschen Frauen. Ganz besonders Phoebe.«

Phoebes Augenbrauen schossen nach oben. »Was meinst du denn damit? Wir sind ausgegangen. Wir haben einige Zeit miteinander verbracht. Natürlich kannst du mit mir reden – ich hab's doch selbst erlebt.«

»Eigentlich nicht.« Daniel wurde immer nervöser. »Das war ich nicht. Jedenfalls nicht allein. Ich kann nicht … ich rede dummes Zeug.«

»Nein, tust du gar nicht«, versicherte Phoebe ihm. »Du sagst ganz wunderbare Dinge.«

»Weil Indar mir das vorsagt«, sagte Daniel.

»Warte mal kurz.« Paige ergriff Phoebes Arm. »Weißt du noch, als sich Daniel so merkwürdig benommen hat? Er hat dir die Tür vor der Nase zugeschlagen.«

»Ich habe sie nicht zugeschlagen«, meldete sich Daniel zu Wort.

Aber Phoebe verstand plötzlich, was ihre Schwester meinte. »Jedes Mal, wenn ich etwas getan habe, was nicht zu deinen Plänen gehörte, bis du ausgeflippt«, sagte sie zu Daniel. »Die meiste Zeit konntest du mich nicht einmal ansehen.«

»Oder mit dir reden«, warf Paige ein.

»Wir dachten, du bist ein Kontrollfreak«, sagte Piper.

»Was? Nein!« Daniel blieb fast die Luft weg. »Ich wusste einfach nicht, was ich sagen sollte!«

»Und deswegen hast du mich davongejagt?«, fragte Phoebe.

»Das war immer noch besser, als mich zum kompletten Idioten zu machen«, antwortete er niedergeschlagen. »Ich wollte nicht, dass du merkst, was für ein Trottel ich bin.«

»Aber du bist kein Trottel. Wir haben uns stundenlang unterhalten, und du warst wirklich unheimlich sympathisch«, beharrte sie.

»Wenn ich das Ganze geplant hatte, ja«, sagte er. »Denn dann konnte ich vorher jede einzelne Minute mit Indar durchgehen, und er trichterte mir ein, was ich sagen sollte. Deshalb wusste ich immer, worüber ich sprechen sollte und wie ich dich dazu bringe, mich zu mögen.«

»Weil dir ein Dämon gesagt hat, wie du's anstellen sollst?«, fragte Piper mit hochgezogener Augenbraue.

»Ja.«

»Nur damit ich das richtig verstehe: Du lässt dich von einem Dämon in Liebesdingen beraten?«

»Ich schätze, so könnte man es ausdrücken. Ich weiß, ich bin ein Versager.« Daniel fuhr sich durchs Haar. »Es tut mir aufrichtig Leid, Phoebe. Es ist nur, weil du so perfekt bist und ich dich so sehr mag. Ich wusste, dass es mir alleine nie gelingen würde, mit dir zusammenzukommen. Als er mir seine Hilfe anbot, dachte ich nur, das wäre genau das, was ich brauchte.«

»Vielleicht wärst du mir aber noch sympathischer gewesen, wenn du dich nicht die ganze Zeit wie Dr. Jekyll und Mr Hyde aufgeführt hättest«, wandte Phoebe ein.

Daniel verzog das Gesicht. »Entschuldige bitte. Indar hat mir gesagt, dass ich damit alles noch viel schlimmer mache. Ich schätze, er hatte Recht.«

Phoebe wünschte sich, sie könnte ihn trösten – er sah so verzweifelt aus. Und was könnte attraktiver sein als ein Mann, der so verzweifelt darauf aus war, einen guten Eindruck bei ihr zu hinterlassen, dass er sogar gewillt war, Ratschläge von einem Dämon anzunehmen?

»Hört mal, das ist mir … ähm … ziemlich peinlich«, sagte Daniel. »Hättet ihr was dagegen, wenn ich mal kurz euer Badezimmer benutze? Ich muss mir dringend mal ein bisschen Wasser ins Gesicht spritzen oder so.«

Phoebe lächelte. Seit er auf ihrem Dachboden erschienen war, war sein Gesicht leuchtend rot angelaufen. Seine Wangen mussten sich ja schon anfühlen, als ob sie in Brand standen.

»Die Treppe runter, zweite Tür auf der linken Seite«, sagte Piper. »Aber komm ja nicht auf dumme Ideen. Wir würden es rauskriegen und dem einen Riegel vorschieben.«

Daniel nickte nervös und drückte sich vorsichtig an ihr vorbei zur Treppe. Er beeilte sich die Stufen herunterzukommen, um Pipers Blick zu entkommen.

»Warum bist du denn so gemein zu ihm?«, fragte Phoebe.

»Weil er wahrscheinlich böse ist!«, rief Piper. »Und er

hat es auf dich abgesehen. Warum lässt dich das eigentlich so kalt?«

Phoebe runzelte die Stirn. Warum ließ sie das kalt? Es spielte doch überhaupt keine Rolle, selbst wenn Daniel behauptete, dass es ihm nur darum ging, ihr Herz zu gewinnen. Er hatte Umgang mit einem Dämon und diskutierte mit ihm, wie er sich am besten bei ihr einschleimen konnte.

»Ja«, stimmte Paige zu. »Warum tun wir auf einmal, als ob Daniel zu den Guten gehören würde?« Sie sah genauso verwirrt aus, wie Phoebe sich fühlte.

»Warte mal. Mein Kopf ist immer noch total verschleimt«, sagte Piper.

»Ich weiß, ich weiß. Tut mir Leid.« Paige verdrehte die Augen. »Ich hab dir die Erkältung aber schließlich nicht absichtlich verpasst.«

»Nein, ich meine nur, dass ich gar nicht richtig hören kann, weil meine Ohren völlig verstopft sind.« Piper wandte sich an Phoebe. »Hattest du nicht dasselbe Problem, als du diese Erkältung hattest?«

»Ja«, sagte Phoebe. »Ich war nahezu taub.«

»Was heißt, dass du Daniel nicht sehr gut hören konntest. An dem Tag, an dem du so richtig wütend auf ihn warst, meine ich«, erklärte Piper.

»Er wollte partout nicht mit mir ins *Absinthe* gehen, obwohl ich für uns reserviert hatte«, erinnerte sich Phoebe. »Und er hatte nicht mal einen guten Grund dafür. Er wollte einfach nicht hingehen.«

»Richtig. Aber jedes Mal, wenn er sich davor so verhalten hatte, hast du ihm alles vergeben und ihn trotzdem weiterhin sympathisch gefunden«, betonte Piper. »An diesem

Abend konntest du ihn jedoch nicht richtig hören, und du bist wütend auf ihn gewesen.«

»Ja, und heute kannst du ihn nicht gut hören«, sagte Phoebe, die zu begreifen begann, worauf Piper hinauswollte. »Und du bist davon überzeugt, dass er böse ist, Paige und ich jedoch nicht.«

»Also, jetzt, wo er nicht mehr hier mit uns im Raum ist, fange ich allerdings schon an, meine Meinung zu ändern«, warf Paige ein.

»Ganz genau«, sagte Phoebe. »Aber wenn Daniel hier stehen und mit uns reden würde, wären wir beide felsenfest davon überzeugt, dass das, was er von sich gibt, völlig logisch und dass er der netteste Mensch auf der ganzen Welt ist. Verstehst du denn nicht? Es liegt an seiner Stimme!«

»Genau das glaube ich.« Piper zog ein Taschentuch aus der Schachtel, die sie schon den ganzen Tag mit sich herumtrug. »Dann ist die Erkältung wenigstens für etwas gut – sie hat uns dabei geholfen herauszufinden, was wirklich mit ihm los ist.«

»Dann glaubt ihr, dass Daniels Stimme über eine besondere Macht verfügt?«, fragte Paige. »Ist es das, was Indar ihm gegeben hat – einen stimmlichen Liebeszauber, dem Phoebe einfach nicht widerstehen kann?«

»Das hat aber nicht nur bei mir gewirkt«, sagte Phoebe. »Bei euch beiden war es genau dasselbe, und auch bei Ryan und der alten Dame aus dem Laden. Ich wette, das hat auch die kämpfenden Katzen besänftigt. Und wahrscheinlich jede einzelne Person auf der Museumsgala, wenn ich's recht bedenke.«

»Eine Wahnsinnsstimme«, sagte Paige spöttisch. »Obwohl ich immer noch nicht verstehe, wie es Daniel hilft,

Phoebes Herz zu gewinnen, wenn er, ohne es zu wollen, jeden um den Finger wickelt, der ihm über den Weg läuft.«

»Jetzt warte mal. Wir nehmen ihm doch diese Geschichte nicht etwa ab, dass Indar tatsächlich nur versucht, Daniel und Phoebe zusammenzubringen, oder?«, fragte Piper. »Indar muss irgendein verborgenes Motiv dafür haben, den wahren Grund, warum er Daniel hilft.«

»Nicht nur er, sondern auch Daniel führt irgendwas im Schilde«, ergänzte Phoebe. »Ich wette, dass Daniel die eigentliche Bedrohung darstellt. Denkt mal drüber nach. Wir sprechen einen Zauberspruch, der die Quelle der Magie in Daniels Wohnung herbeirufen soll – und wer taucht auf? Daniel! Nicht Indar!«

Piper nieste. Paige kaute nachdenklich auf ihrer Lippe herum.

»Das ergibt alles überhaupt keinen Sinn, oder?«, sagte Phoebe schließlich. »Wie könnte denn Daniel die Quelle der Magie sein? Selbst wenn Indar ihm außer seinen Tipps in Sachen Liebe auch noch eine besondere stimmliche Macht verliehen haben sollte, wäre damit immer noch Indar die Quelle der Magie.«

»Könnte Daniel nicht von sich aus über magische Kräfte verfügen?«, erkundigte sich Paige. »Wenn wir ihm Glauben schenken, hat Indar ihm nur vorgeschlagen, was er sagen sollte, aber nicht, wie er es sagen sollte.«

»Die Magie, die wir in seiner Gegenwart bewirkt haben, schien ihn nicht sonderlich zu überraschen«, sagte Piper nachdenklich. »Und er hat es geschafft, einen Dämon zu finden, der ihm dabei hilft, Phoebe zu umgarnen. Offensichtlich ist ihm das Übernatürliche nicht fremd.«

»Ja, und wo hat er Indar überhaupt getroffen?«, fragte

Phoebe. »Schließlich preisen Dämonen ihre romantischen Kenntnisse und Fähigkeiten nicht per Inserat in der Zeitung an.«

»Ich habe ihn nach der Museumsgala getroffen«, erklang Daniels Stimme von der Tür. Alle drehten sich nach ihm um. Er wirkte immer noch ein wenig nervös, aber schon viel ruhiger als zuvor. »Er hatte gesehen, wie ich mich vor dir zum Affen machte, Phoebe. Er sagte, es sei offensichtlich, dass ich dich mag und dass er mir helfen könnte.«

Phoebe spürte, wie ihre Zuneigung zu Daniel sofort wieder wuchs. Es war so liebenswert, wie er ihr immer wieder zu verstehen gab, wie viel ihm an ihr lag.

»Jetzt reicht's endgültig.« Piper nahm Daniel beim Arm und führte ihn zu einem uralten Sessel. »Hier setzt du dich jetzt hin und hältst den Mund. Und ihr zwei hört auf der Stelle auf, so vertrottelt zu grinsen.«

Phoebe schaute zu Paige hinüber und merkte, dass auch ihre Halbschwester Daniels Stimme erneut zum Opfer gefallen war. Sie bemühte sich verzweifelt, ihrem Gehirn zu befehlen, dass es aufhören sollte, auf Daniel zu reagieren. Sogar jetzt, da sie wusste, dass dabei irgendeine Art von Magie am Werk war, verspürte sie nichts als positive, glückliche Emotionen für ihn. »Tut mir Leid.«

»Mir auch«, sagte Paige.

»Was ist denn los?«, fragte Daniel.

»Schsch!«, riefen alle drei wie aus einem Mund.

Er runzelte verwirrt die Stirn, lehnte sich aber brav in seinen Sessel zurück und hielt den Mund.

»Also, nach der Museumsgala kommt ein Dämon zu dir und sagt, er will dir dabei helfen, deine Schüchternheit Phoebe gegenüber zu besiegen«, wiederholt Piper.

Daniel nickte.

»Und du hast das nicht ein bisschen seltsam gefunden?«

»Ich –«, begann Daniel, aber ein Blick von Piper brachte ihn wieder zum Schweigen. Er zuckte nur mit den Schultern.

»Ein Dämon. Violett und hässlich«, warf Phoebe ein. »Aber du bist nicht weggelaufen? Du hast einfach dagestanden und dich nett mit ihm unterhalten?«

Daniel verzog das Gesicht zu diversen Grimassen, aber es war den Schwestern unmöglich, daraus zu entnehmen, was er ihnen mitteilen wollte. Schließlich platzte er heraus: »Er hat gesagt, er wolle mir helfen!«

Paige kniff die Augen zusammen. »Indar ist nicht der erste Dämon, den du in deinem Leben gesehen hast, oder?«

Daniel schüttelte den Kopf.

»Dann treibst du dich also öfters mit hässlichen, bösen Typen rum?«, fragte Phoebe.

Er schüttelte wieder den Kopf. »Ich habe Bilder von Dämonen gesehen, aber noch nie selbst einen getroffen.« Er seufzte. »Meine Mutter und meine Großtanten haben mir immer Geschichten von den Dämonen erzählt, die sie bekämpften.«

Phoebes Augenbrauen schossen nach oben. »Sie haben gegen Dämonen gekämpft?«

»Das haben sie jedenfalls gesagt. Ich hab's nie miterlebt.«

»Halt, halt, halt! Warte mal eine Sekunde«, warf Piper ein. »Ist deine Mutter eine Hexe?«

»Das war sie. Sie starb, als ich zwölf war«, sagte Daniel. »In ihrer ganzen Familie wurden immer Geschichten über Hexen und Dämonen und so erzählt. Ich hab aber –«

»Ruhe!«, befahl Piper. Dann dämpfte sie ihre Stimme ein

wenig. »Entschuldige. Es ist nur so, dass meine Schwestern ihren gesunden Menschenverstand verlieren, wenn sie dir zu lange zuhören.«

»Äh … was?«, fragte Daniel.

»Deine Stimme besitzt eine ganz besondere Macht. Der einzige Grund, warum das bei mir nicht funktioniert, ist, dass ich im Moment so stark erkältet bin, dass ich dich kaum hören kann«, erklärte Piper ihm.

»Wir vermuten, dass Indar dir *geholfen* hat, indem er deine Stimme mit einer Art Liebeszauber verhext hat«, fuhr Paige fort.

»Da bin ich mir nicht so sicher«, sagte Phoebe langsam. »Daniel stammt aus einer Familie von Hexen. Und als wir die Quelle der Magie beschworen haben, ist nur er aufgetaucht. Vielleicht ist dieses Stimmendings seine eigene Kraft. Vielleicht ist auch er ein Hexer.«

Daniel lachte, hörte aber rasch wieder auf, als er Phoebes ernste Miene bemerkte. »Bin ich nicht«, versicherte er.

»Warum denn nicht?«, fragte Piper. »Offensichtlich ist die Existenz von Hexen keine Überraschung für dich. Inzwischen ist dir ja wohl auch klar geworden, dass wir ebenfalls Hexen sind.«

»Ich schätze schon«, gab Daniel zurück. »Ich meine, das ist okay für mich. Ich hab keine Angst oder so. Aber ich bin nicht so. Das sind nur alte Geschichten aus meiner Familie, über Dämonen und Kräfte und Magie und so was alles.«

»Daniel, hast du es nicht seltsam gefunden, dass die alte Dame dir vom Geschäft aus nach Hause gefolgt ist?«, fragte Phoebe.

»Klar, ein bisschen schon.«

»Also ich fand es total seltsam«, meinte Phoebe. »Aber

ich habe den heimlichen Verdacht, dass dir so was öfters passiert.«

»Das hat doch nichts zu bedeuten.« Er begann schon wieder rot zu werden. »Die Leute mögen mich halt. Na ja, außer Frauen. Ich trau mich nicht, mit Frauen zu reden. Aber andere finden mich ganz sympathisch, glaube ich. Das ist doch normal.«

»Es ist aber nicht normal, dass dich die Leute so sehr mögen, dass sie dir hinterherlaufen«, sagte Paige.

»Aber wenn ich eine besondere Gabe hätte, hätte ich doch nicht solche Probleme mit Frauen«, widersprach Daniel. »Ich kann euch drei nicht mal ansehen, ohne dass es mir die Sprache verschlägt. Und wenn ich eine Frau so richtig mag, wie Phoebe, dann bekomme ich keine zwei zusammenhängenden Worte heraus.« Er wandte sich an Phoebe. »Du hast doch erlebt, wie ich mich dann aufführe.«

»Allerdings. Ich hatte den Eindruck, dass du total unfreundlich bist«, bestätigte sie.

»Wirklich?« Er wirkte entsetzt.

»Ja. Aber ich fand dich trotzdem nett«, versicherte Phoebe ihm. »Und das ist der springende Punkt. Es spielt überhaupt keine Rolle, was du sagst. Du könntest mir sogar erzählen, dass mein Hintern in diesem Outfit total fett aussieht, und ich würde dich immer noch mögen, weil deine Stimme mich verzaubert.«

Daniel schüttelte den Kopf. »Das ist doch verrückt.«

»Nein, ist es nicht.« Phoebe stand auf und hielt ihm ihre Hand hin. »Und ich werde es dir beweisen.«

9

»Leo!«, schrie Piper, sobald Phoebe mit Daniel verschwunden war.

Ihr Mann orbte herein und sah sich rasch um. »Ich bin gerade ziemlich beschäftigt, Schatz. Kann das nicht warten?«

»Nein, kann es nicht«, entgegnete Piper.

Leo seufzte. »Na gut, warte mal kurz.« Und er orbte wieder davon.

»Na, so was!«, Paige stieß einen leisen Pfiff aus. »Der glaubt wohl, du lässt dir alles gefallen, was?«

»Dann bilde ich mir das also nicht bloß ein?« Piper seufzte. »Ich weiß einfach nicht mehr, was ich tun soll. Er verbringt so viel Zeit mit seiner Arbeit, dass er gar nicht mehr er selbst zu sein scheint. Ich meine, ich habe mich um ihn gekümmert, als er erkältet war, aber jetzt, wo ich krank bin, ist er wieder die ganze Zeit unterwegs. Und ich kann mich um Wyatt *und* mich selbst kümmern. Leo ist doch sonst nicht so rücksichtslos.«

»Lass mich doch bitte den Erkältungsvernichtungszauber für dich ausführen. Das wird wenigstens ein bisschen helfen«, schlug Paige vor.

»Mir würde es ja vielleicht helfen, aber dem, den die Erkältung als Nächstes erwischt, nicht«, erwiderte Piper.

»Ich werde den Wortlaut noch mal komplett überarbeiten, dann funktioniert es vielleicht endlich richtig. Das ist das Einzige, was ich bis jetzt noch nicht ausprobiert habe«, sagte Paige und ging zur Treppe.

Der Dachboden wurde von weißem Licht erfüllt, als Leo zurückkam. »Also, was ist los?«, fragte er hastig.

»Muss denn erst irgendwas los sein, damit ich mal mit dir reden darf?«, fragte Piper.

»Allerdings, wenn das bedeutet, dass ich einen meiner Schützlinge im Stich lassen muss.«

»Wir gehören auch zu deinen Schützlingen«, warf Paige von der Treppe aus ein.

»Genau das meine ich. Meine Schützlinge sollten mich nur dann rufen, wenn sie mich brauchen. Und das ist für gewöhnlich der Fall, wenn irgendetwas los ist.«

Piper spürte, wie sich ihre ganze Wut in ihrer Magengegend zusammenballte. Paige eilte nach einem Blick in ihr Gesicht zu ihr und stellte sich neben sie.

»Wir haben ein kleines Problem«, verkündete sie. »Ein Dämon namens Indar und ein möglicher Hexer namens Daniel Lemond.«

»Daniel? Phoebes neuer Freund?«, fragte Leo.

»Seine Mutter und einige andere Verwandte waren Hexen, und wir glauben, dass seine besondere Kraft in seiner Stimme liegt«, berichtete Piper. »Aber er hat sich mit diesem Dämon eingelassen, um sich aus irgendeinem Grund bei Phoebe einzuschmeicheln. Warum wissen wir nicht. Wir sind also noch nicht sicher, ob Daniel zu den Guten oder zu den Bösen gehört.«

»Was wisst ihr über Indar?«, erkundigte sich Leo.

»Nicht viel. Im *Buch der Schatten* haben wir ihn jedenfalls nicht gefunden«, antwortete Paige.

»Also, ich habe noch nie von Hexen mit dem Namen Lemond gehört. Ich werde mich bei den Ältesten nach dieser Familie erkundigen müssen, aber das kann ein Weilchen dauern«, warnte Leo sie.

»Warum?«, fragte Piper.

Er rieb sich mit beiden Händen übers Gesicht. »Kerria steckt mal wieder in Schwierigkeiten. Sie versucht immer wieder, es mit zwei oder sogar drei Feinden auf einmal aufzunehmen, aber sie ist einfach noch nicht so weit. Eigentlich bin ich überhaupt nicht sicher, ob sie jemals stark genug für solche Kämpfe sein wird. Aber sie hört einfach nicht auf. Ich muss jetzt wieder zu ihr zurück.«

»Das wird langsam echt lächerlich«, sagte Piper. »Wir hatten seit Wochen keine Zeit mehr für uns. Und dass wir unseren Hochzeitstag noch nachfeiern wollten, hast du auch mit keinem Wort erwähnt.«

»Ich weiß, Liebes, tut mir Leid«, sagte Leo. »Aber sie braucht meine Hilfe.« Er küsste sie kurz auf die Wange. »Ich lass es dich wissen, wenn ich etwas über Daniel herausfinde.«

Als er verschwunden war, fühlte sich Piper sogar noch schlechter als vorher. Ihr Kopf drohte zu zerspringen, ihre Schwester war mit einem Typen zusammen, der mit Dämonen herumhing, und durch das Babyfon, das sie auf dem Tisch abgestellt hatte, hörte sie, wie Wyatt zu greinen anfing.

»Alles klar bei dir?«, fragte Paige.

Piper seufzte. »Nach deinem Vernichtungszauber wird's mir auf jeden Fall besser gehen. Ich habe vielleicht keine Kontrolle über den Schützling meines Mannes, aber über meine verstopfte Nase schon!«

»Siehst du den Kerl da im Eiscafé? Du gehst jetzt da rüber und bittest ihn um ein kostenloses Eis«, forderte Phoebe Daniel auf. Sie zeigte auf einen schlecht gelaunt aussehenden Mann mittleren Alters an einem leeren Stand auf der anderen Seite des überfüllten Platzes im Einkaufszentrum.

»Kommt nicht in Frage!«, sagte Daniel. »Warum sollte er mir denn kostenlos etwas geben?«

»Tu es ganz einfach«, befahl sie und schob ihn sanft in die Richtung des Mannes. »Oh, und frag, ob sie Pfefferminz haben«, fügte sie hinzu. Sie liebte Eis mit Pfefferminzgeschmack.

Daniel ging widerstrebend auf den mürrisch dreinblickenden Eisverkäufer zu.

»Ja, bitte«, sagte der Mann in gelangweiltem Ton.

Daniel warf einen Blick auf Phoebe. »Ähm, tja, kann ich bitte ein Hörnchen haben? Pfefferminz«, sagte Daniel.

Phoebe stieß ihm ihren Ellenbogen in die Seite.

»Und ... äh ... kostenlos, wenn's geht?«, fügte Daniel hinzu. Er ging einen Schritt zurück, als ob er befürchtete, der Mann könnte ihn schlagen.

»Sicher.« Das ganze Verhalten des Mannes hatte sich plötzlich verändert. Er lächelte freundlich, nahm eine Riesenwaffeltüte von dem Stapel hinter ihm und fuhr mit dem Eisportionierer tief in das Pfefferminzeis. »Möchten Sie zwei Kugeln oder drei?«

Daniel starrte ihn fassungslos an.

»Drei«, flüsterte Phoebe mit einem erneuten Rippenstoß.

»Drei«, sagte Daniel.

»Alles klar. Hier, bitte.« Der Mann reichte ihm das riesige Eis. »Einen schönen Tag noch.«

»Äh, danke. Ihnen auch.« Daniel drehte sich um und beeilte sich wegzukommen. Erst hinter einer Ecke, als er außer Sichtweite des Eismannes war, hielt er an und gab Phoebe das Eis. »Ich kann nicht fassen, dass er sich darauf eingelassen hat«, sagte er.

»Er hätte sich auf so ziemlich alles eingelassen, was du

ihm vorschlägst«, erklärte Phoebe. »Deine Stimme bringt die Leute dazu, dich zu mögen und das zu tun, was du ihnen sagst.«

»Nein, normalerweise nicht«, erwiderte er. »Gib's zu, das war doch ein abgekartetes Spiel.«

Phoebe schüttelte den Kopf und widmete sich ihrem Eis.

»Aber das beweist überhaupt nichts«, brummte Daniel.

»Na schön. Siehst du die Frau da vor dem Zoogeschäft?« Phoebe deutete mit einem Nicken auf eine gestresst aussehende Mutter, die versuchte, ihre Kinder von einem Welpen im Schaufenster wegzuziehen.

»Ja«, sagte Daniel vorsichtig.

»Sie brüllt ihre Kinder jetzt seit ungefähr fünf Minuten an. Der kleine Junge will aber nicht gehen, ehe sie ihm nicht ein Hündchen kauft, und seine Schwester will erst gehen, wenn er auch geht.«

»Okay.«

»Wenn du hingehst und ihnen sagst, dass sie mit ihrer Mutter gehen sollen, dann werden sie es tun«, behauptete Phoebe.

Daniel warf noch einen Blick auf die Kinder. Der Junge klammerte sich an eine Säule an der Ladentür und weigerte sich, auch nur einen Schritt weiterzugehen, während seine Mutter an seinem Arm zerrte. Das kleine Mädchen schrie sich mit zusammengekniffenen Augen und puterrotem Gesicht die Lunge aus dem Hals.

»Auf keinen Fall«, sagte Daniel. »Die stecken gerade mitten in einem Wutanfall.«

»Stimmt. Und du kannst aus ihnen süße kleine Engelchen machen, indem du einfach nur mit ihnen redest«, versicherte Phoebe ihm. »Los geht's.«

Daniel folgte ihr zur Tierhandlung.

»Haben Sie Probleme?«, fragte Phoebe die Mutter.

Die Frau verdrehte nur die Augen. »Ich hätte es wirklich besser wissen sollen, als ausgerechnet am Tiergeschäft vorbeizugehen.«

»Ich glaube, mein Freund kann Ihnen behilflich sein.« Phoebe drehte sich zu Daniel um. »Warum unterhältst du dich nicht mal ein bisschen mit den Kindern?«

Verlegen beugte sich Daniel hinunter und sprach das kreischende Mädchen an. »Deiner Mutter gefällt es aber gar nicht, wenn du so schreist«, sagte er unbeholfen. »Warum hörst du nicht einfach damit auf?«

Das kleine Mädchen öffnete die Augen, schloss den Mund und strahlte Daniel an.

Völlig perplex wandte er sich nun an den Jungen. »Es wird langsam Zeit, dass ihr geht. Lässt du jetzt bitte die Säule los und gehst brav mit deiner Mami mit?«

Der Junge ließ auf der Stelle die Säule los und nickte.

Die Frau starrte Daniel mit großen Augen an. »Wie haben Sie das denn gemacht?«, fragte sie, während sich ein schwärmerisches Lächeln auf ihrem dankbar aussehenden Gesicht ausbreitete.

»Ähm, also, ich glaube, das liegt nur daran, dass es für sie etwas Neues war, dass jemand mit ihnen redet, den sie noch nicht kennen«, antwortete er.

Die Frau schüttelte den Kopf. »Wenn Stevie so einen Anfall hat, dann schafft es *niemand*, vernünftig mit ihm zu reden. Das war einfach unglaublich!«

Daniel trat verlegen von einem Fuß auf den anderen. Phoebe merkte, dass die Frau inzwischen ganz vergessen hatte, dass sie eigentlich gehen wollte. Vermutlich würde sie Daniel am liebsten bis nach Hause folgen, genau wie Olive vom Williams Markt.

»Ich bin jedenfalls froh, dass wir Ihnen behilflich sein konnten«, sagte Phoebe. Sie ergriff Daniels Arm und zog ihn mit sich. »Siehst du jetzt, was ich meine? Du hast Magie in der Stimme.«

»Das ist doch verrückt.« Daniel ließ sich auf eine schmale Bank sinken. »Meinst du denn nicht, ich hätte es schon längst gemerkt, wenn ich wirklich schon mein ganzes Leben lang so eine Gabe besessen hätte?«

»Normalerweise schon«, gab sie zu und setzte sich neben ihn. »Aber die Tatsache, dass du so schüchtern bist, hat vermutlich dafür gesorgt, dass du noch nicht allzu vielen Menschen gesagt hast, dass sie irgendetwas für dich tun sollen.«

»Schüchtern bin ich eigentlich nur bei Frauen. Bei dir.« Daniel starrte auf seine Füße.

»Im Moment merke ich davon aber nicht viel«, sagte sie.

Er blickte nicht auf. »Ich versuche, mich so zu verhalten, wie es Indar mir gesagt hat – einfach weiter mit dir zu reden, statt wegzulaufen. Aber das ist gar nicht so leicht. Das ist eigentlich genau das, was ich die ganze Zeit über vermeiden wollte. Ich weiß einfach nicht, was ich zu dir sagen soll, und alles, was ich sage, ist Schwachsinn.«

»Es hört sich aber ganz toll an«, sagte Phoebe. »Und das liegt an deiner Stimme. Du könntest dasitzen und ›Alle meine Entchen‹ singen, und ich wäre immer noch der Meinung, dass du der coolste Typ in ganz San Francisco bist.«

»Das bezweifle ich«, murmelte er.

Offenbar war er immer noch nicht überzeugt.

»Na gut. Siehst du die Gruppe Teenager da drüben?« Sie zeigte auf ein paar obercoole Jungs, die sich auf einer Bank in der Nähe herumlümmelten und sich bemühten, gelangweilt auszusehen. »Geh da rüber, sag ihnen, dass du einen neuen Song geschrieben hast und dann sing ihnen ›Alle meine Entchen‹ vor.«

Daniel schüttelte schon wieder den Kopf. »Auf der Highschool hätte ich mit solchen Typen nicht mal ein Wort gewechselt«, sagte er. »Die sind viel zu cool für mich. Und ich werde mich vor denen ganz bestimmt nicht zum Affen machen, selbst wenn sie zehn Jahre jünger sind als ich.«

»Vertrau mir, du machst dich bestimmt nicht zum Affen«, beharrte Phoebe. »Jetzt geh schon.«

Daniel stand mit einem Seufzer auf und ging zu den Jungen hinüber. Phoebe beobachtete ihre Gesichter, als er mit ihnen redete: Erst wirkten sie genervt, aber dann, als er weitersprach, begannen sie zu grinsen wie kleine Kinder, die den Weihnachtsmann treffen. Nachdem Daniel ihnen sein Lied vorgesungen hatte, waren sie alle vollkommen in seinen Bann gezogen. Sie klatschten sogar Beifall, während er zu Phoebe zurückkam.

Sie grinste ihn an. »Und? Ein voller Erfolg, oder?«

»Ich kapier das nicht«, sagte Daniel. »Alle sind so komisch. Es ist wirklich nicht so, dass ich immer kriege, was ich will. Ich war nie beliebt. Normalerweise machen die Leute keineswegs, was ich will. Sieh dich doch mal an. Ich möchte, dass du dich zu mir hingezogen fühlst, aber bei unserer letzten Verabredung hast du mich einfach sitzen gelassen.«

»Ich war erkältet und konnte dich deswegen nicht richtig hören. Wie meine Schwester Piper heute«, erklärte Phoebe.

»Trotzdem, sonst reagieren die Leute nicht so auf mich«, widersprach er.

»Wie bist du denn an den Auftrag gekommen, die Wohltätigkeitsveranstaltung für das Museum zu organisieren?«, fragte Phoebe. »Das war ein wirklich hochkarätiges Ereignis.«

Daniel zuckte mit den Schultern. »Ich bin da hingegangen und habe eine Präsentation gemacht, genau wie die ganzen anderen Eventmanager, die sich für den Job beworben hatten. Und dann habe ich den Auftrag bekommen.«

»Natürlich hast du das«, sagte Phoebe.

»Wir kriegen aber noch lange nicht jeden Auftrag. Die Firma, für dich ich arbeite, ist noch nicht lange im Geschäft, und oft bekommt einfach die bekanntere Firma den Zuschlag«, wandte Daniel ein.

»Aber wenn du die Präsentation gemacht hast, hat deine Firma den Job immer bekommen«, warf Phoebe ein. »Stimmt's?«

Er überlegte. »Na ja … kann schon sein.«

»Bei der Museumsgala, also, ich will dir ja nicht zu nahe treten, aber das Sprechen vor Publikum gehört nicht gerade zu deinen Stärken«, sagte Phoebe. »Wegen dir hat das Mikro ganz schrecklich gequietscht, sodass allen die Ohren wehtaten, aber sobald du angefangen hast zu reden, waren all die hohen Tiere von deinem Charme hin und weg.«

Daniel schien immer noch zu zweifeln. »Wie kommt es dann, dass ich bei Frauen so schüchtern bin? Wenn mich wirklich jeder so toll fände, wie du sagst, dann müsste ich doch ein zweiter Casanova sein oder so.«

»Gutes Argument.« Phoebe musterte ihn. Er sah eindeutig ziemlich gut aus. Aber wenn er redete, war er geradezu hinreißend. Und dabei konnte er so ziemlich alles erzählen, was ihm gerade in den Sinn kam, er wirkte dabei einfach immer attraktiv. »Ich denke, das liegt bloß daran, dass du so sehr davon überzeugt bist, keine Ahnung davon zu haben, wie man mit Frauen spricht. Du hast ein dermaßen geringes Selbstwertgefühl, dass du es nicht mal versuchst. Also bekommen Frauen deine Stimme gar nicht erst zu hören.«

»Dann war es doch richtig, dass Indar mir geholfen hat«, meinte Daniel. »Sonst hätte ich bestimmt nicht eine einzige Verabredung mit dir gehabt.«

»Stimmt nicht«, widersprach Phoebe. »Du hättest einfach nur fragen müssen.«

Daniel lehnte sich an die Bank und schüttelte den Kopf. »Ich kann das alles immer noch nicht glauben. Du meinst wirklich, dass ich über eine Art Macht verfüge und … ein Hexer bin?«

»Ja.«

»Ich weiß noch nicht mal, ob ich all diese Geschichten über die Familie meiner Mutter jemals wirklich geglaubt habe«, sagte er. »Nicht, dass ich dachte, dass sie mich anlügen oder so, aber ich bin einfach davon ausgegangen, dass das alles der Vergangenheit angehört.«

»Oh nein. Du bist ein Hexer. Und das bedeutet, dass du die Wahl hast«, erklärte Phoebe ihm. »Bist du gut oder böse?«

»Also, ich bin auf gar keinen Fall böse«, sagte er verletzt.

»Dann solltest du besser aufhören, dich mit Dämonen abzugeben. Dämonen sind böse«, sagte Phoebe. »Vertrau mir.«

»Indar aber nicht.«

Phoebe ergriff Daniels Hand, wobei sie ignorierte, dass er bei ihrer Berührung nervös zusammenzuckte. »Sogar Indar. Wir müssen ihn vernichten, verstehst du?«

»Nein, das könnt ihr nicht tun!« Daniel wandte sich mit

flehentlicher Miene an sie. »Ich weiß, dass es so aussieht, als ob es zwischen dir und mir nicht besonders gut gelaufen ist, Phoebe, aber glaub mir, das war der größte Erfolg, den ich in Bezug auf Frauen je hatte. Und das verdanke ich ganz allein Indar. Er hat einen Schlachtplan für mich entworfen, damit ich immer wusste, wie ich mich bei dir verhalten muss. Das hat mir sehr geholfen.«

»Aber –«

»Bitte«, sagte er. »Ihr dürft ihm nichts tun. Er ist mein Freund.«

Phoebes Entschlossenheit schmolz dahin. Wie schlimm konnte dieser kleine Dämon schon sein? »Na gut«, versprach sie Daniel. »Wir lassen ihn in Ruhe.«

»Wir lassen ihn auf gar keinen Fall in Ruhe!«, rief Paige. »Er ist ein Dämon.«

»Aber Daniel sagte, dass sie Freunde sind«, wandte Phoebe ein. Sie sah Paige dabei zu, wie sie eine weitere Ladung ihres Erkältungsvernichtungstranks zusammenbraute. »So etwas ist möglich, weißt du. Nicht alle Dämonen sind durch und durch böse. Cole war es zum Beispiel nicht.«

»Seine Dämonenhälfte schon«, widersprach Piper mitfühlend. Phoebes Exmann war ein Einzelfall, und das wusste sie auch.

»Ist doch auch ganz egal. Indar scheint mir jedenfalls keine große Bedrohung zu sein«, sagte Phoebe. »Schließlich hat er sich hinter Daniel versteckt, weil er Angst davor hatte, mit mir zu kämpfen.«

»Vielleicht wollte er nur in diesem Augenblick nicht mit dir kämpfen. Vielleicht hat er ja andere Pläne«, überlegte Piper.

»Aber ...« Phoebe wollte ihr widersprechen, doch ihr fiel nichts mehr ein.

»Sieh den Tatsachen ins Auge, Phoebe. Du hast dich mal wieder von Daniels Stimme einlullen lassen«, kommentierte Paige. »Er sagt ›Töte den Dämon nicht‹, und du glaubst, dass sich das völlig vernünftig anhört.«

Phoebe stöhnte frustriert. Ihre Schwester hatte natürlich Recht. »Wir müssen uns unbedingt einen Zauber ausdenken, um den Auswirkungen seiner Stimme entgegenzuwirken«, beschloss sie. »Ich hatte nicht den Eindruck, dass er mich austricksen wollte. Ich dachte, er mag Indar einfach nur. Aber wie kann ich da sicher sein? Alles, was er sagte, schien mir gut und richtig zu sein.«

»Wir wissen also nach wie vor nicht, woran wir mit Daniel sind«, fasste Piper zusammen. »Es scheint so, dass er sich seiner Macht bisher überhaupt nicht bewusst war, geschweige denn der Tatsache, dass er ein Hexer ist.«

»Aber möglicherweise lügt er, und wir bekommen es einfach nicht mit.« Paige hielt ein Fläschchen mit Zaubertrank hoch. »Bist du bereit, Piper?«

»He, mal langsam!« Phoebe sprang auf. »Wenn du diesen Zauber noch einmal verwendest, dann verschwinde ich lieber von hier. Ich möchte nicht, dass die Erkältung wieder auf mich übergeht.«

»Vielen Dank für dein Vertrauen.« Paige runzelte die Stirn.

»Ich mein das nicht böse, Süße, aber diese Erkältung war echt ätzend. Ich gehe so lange lieber auf mein Zimmer.«

»Ich denke, jeder, der sich hier im Haus aufhält, ist ein potenzielles Opfer«, sagte Piper.

»Hallo, Leute, diesmal wird es bestimmt funktionieren!«, beharrte Paige. »Ich habe den Trank abgeändert und den Spruch auch noch. Vertraut mir.« Sie zerschmetterte das Fläschchen vor Pipers Füßen und sagte:

Krankheit verschwinde,
Gebannt seiest du!
Komm nie mehr zurück,
Lass uns in Ruh!

Als sich die magische Wolke aufgelöst hatte, holte Piper tief Luft und lächelte. »Vielen Dank.«

»Wie lange dauert es, bis sie jemand anders anfällt?«, fragte Phoebe.

»Ein paar Stunden«, antwortete Piper. »Nutzen wir die Zeit aus.«

»Also wirklich!«, protestierte Paige. »Diesmal klappt's!«

»Entschuldige bitte.« Phoebe streichelte den Arm ihrer Halbschwester. »Okay, und was machen wir jetzt mit Daniel und Indar?«

»Wir dürfen jedenfalls nichts tun, was Daniel schadet, solange wir nicht hundertprozentig sicher sind, ob er gut oder böse ist«, sagte Piper. »Und ich habe das unbestimmte Gefühl, dass Leo und die Ältesten uns in nächster Zeit keine große Hilfe sein werden.«

»Bestimmt nicht, solange Leo es nicht schafft, seinen neuen Schützling mal für wenigstens fünf Minuten aus der Gefahrenzone zu halten«, stimmte Paige zu.

»Vielleicht können wir das auch alleine herausfinden«, sagte Phoebe. »Aber zuallererst sollten wir mal dafür sorgen, dass wir gegen Daniels Stimme immun werden.«

»Und dann könnten wir ihm eine Falle stellen.« Piper

warf Phoebe einen kurzen Blick zu. »Du musst dich weiter mit Daniel verabreden.«

»Was? Wieso denn?«, rief Phoebe.

»Damit wir herausfinden, was Indar wirklich vorhat. Beziehungsweise was Indar und Daniel vorhaben«, sagte Paige. »Denk mal drüber nach: Indar hat einen Hexer, nämlich Daniel, dazu benutzt, eine andere Hexe, nämlich dich, zu verführen. Dafür muss es schließlich einen Grund geben. Dämonen mischen sich nicht einfach in das Liebesleben von Hexen ein, nur um uns glücklich zu machen.«

»Oder aber Daniel macht freiwillig mit, und die beiden versuchen, dich in eine Falle zu locken«, setzte Piper hinzu. »Und das finden wir nur heraus, wenn wir sehen, was sie als Nächstes tun. Du triffst dich also weiter mit Daniel, Indar sagt ihm weiter, was er tun soll, und wir warten ab, was passiert.«

»Dann darf ich also den Köder spielen«, sagte Phoebe.

»Irgendwie schon«, gab Paige zu.

»Wartet mal. Wie soll das denn funktionieren? Indar weiß doch, dass ich ihm auf die Schliche gekommen bin«, wandte Phoebe ein. »Ich habe ihn in Daniels Wohnung erwischt, und er war Zeuge, wie Daniel mir ausgeredet hat, ihn zu vernichten. Wenn ich also weiter mit Daniel ausgehe, dann wird Indar doch sicher vermuten, dass wir ihm eine Falle stellen, oder?«

»Offensichtlich weiß er von Daniels Stimme. Er wird annehmen, dass du einfach bloß das tust, was Daniel sagt«, entgegnete Piper. »Du musst dich so verhalten, als hätte Daniels Stimme immer noch dieselbe Voodoo-Wirkung auf dich.«

»Das kriege ich hin«, versicherte Phoebe. »Dazu muss ich nur allem zustimmen, was er sagt.«

Paige gab Phoebe das Telefon. »Ruf ihn gleich an.«

»Nein!«, rief Piper und riss es ihr aus der Hand. »Erst müssen wir Daniels Stimme außer Kraft setzen. Sonst braucht Phoebe gar nicht erst so tun, als würde sie weiter auf ihn hereinfallen.«

»Ups!« Phoebe nahm sich einen Stift und schrieb in aller Eile einen Schutzzauber auf. Ihre Schwestern traten zu ihr und sagten ihn gemeinsam auf:

Stimme, die du uns verführst,
Unsere Herzen du berührst.
Deine Macht ist nun vorbei,
Von deinem Zauber sind wir frei.

»Jetzt sind wir bereit«, sagte Phoebe und nahm das Telefon, um Daniel anzurufen. »Na, dann woll'n wir mal.«

10

»Ich gebe es auf.« Paige ließ sich auf die Couch fallen und stieß ein Stöhnen aus. Die Anzeichen waren unverkennbar – Kratzen im Hals, verstopfte Nase, bohrende Kopfschmerzen. »Wie konnte das nur passieren? Warum ist die Erkältung immer noch nicht vernichtet?«

Piper reichte ihr eine Tablette und ein Glas Wasser. »Und wir haben uns eingebildet, nichts wäre schlimmer als Dämonen.«

»Was, wenn es an mir liegt?«, jammerte Paige. »Vielleicht stimmt etwas mit meinen Kräften nicht.«

»Ist denn sonst noch was schiefgegangen?«, fragte Piper.

»Nein«, gab Paige zu. »Aber das ist die einzige Möglichkeit, die übrig ist. Ich weiß, dass es nicht am Zauberelixier liegt, und der Zauberspruch ist es auch nicht. Ich bin die einzige andere Variable.«

»Vielleicht solltest du es diesmal einfach durchstehen«, schlug Phoebe vor, die soeben das Wohnzimmer betrat. »Es hat doch keinen Sinn, dass diese Krankheit von einem zum anderen wandert.«

»Du willst ja bloß nicht noch mal krank werden«, murmelte Paige.

»Hast du mit Daniel gesprochen?«, erkundigte sich Piper bei Phoebe.

»Ja. Ich habe ihm gesagt, dass es okay ist, wenn er sich weiterhin von Indar Ratschläge holt. Denn, ihr wisst ja, ich bin selbst eine Art Ratgeberin in Herzensdingen.« Phoebe grinste. »Ich habe ihm versichert, dass jeder hin und wieder ein bisschen Hilfe in der Liebe braucht.«

»Und das hat er dir abgekauft?«, fragte Paige.

»Darauf kannst du dich verlassen. Nicht nur das, er hat mir haarklein erzählt, was Indar ihm als Nächstes geraten hat.«

»Und was?«, wollte Piper wissen.

»Er findet, dass sich Daniel jetzt mal ein bisschen anstrengen muss, um mich davon zu überzeugen, dass er es ernst mit mir meint«, erzählte Phoebe. »Deshalb hat er vorgeschlagen, dass wir am Wochenende zusammen wegfahren, in so ein kleines Hotel in Tahoe. Daniel hat schon für uns reserviert, aber es kommt mir irgendwie komisch vor.«

»Für mich hört sich das gar nicht komisch an, ich finde, das klingt nett«, grummelte Piper. »Du gehst jetzt seit ein paar Wochen mit diesem Typ aus, und er bemüht sich, romantisch zu sein. Und ich kann meinen Mann noch nicht mal dazu bringen, sich mal zwei Stunden Zeit zu nehmen, um mit mir auszugehen.«

»Das hab ich gehört«, erklang Leos Stimme, als weißes Licht das Zimmer erhellte. Er orbte hinein und lächelte Piper müde zu.

»Wahnsinn! Noch nicht mal Mitternacht, und du bist schon zu Hause«, sagte sie.

»Ja, die arme Kerria ist fix und fertig. Ich hoffe, das wird sie für ein Weilchen davon abhalten, sich in neue Schwierigkeiten zu stürzen«, erwiderte Leo. »Also, was gibt's Neues?«

»Daniel hat für dieses Wochenende Zimmer für uns reserviert«, sagte Phoebe.

»Oh, nein! Ich habe vergessen, ihn zu überprüfen.« Leo fuhr sich mit der Hand durch die Haare, sodass sie in alle

Richtungen abstanden. »Tut mir Leid, aber ich vermute, wenn du immer noch mit ihm zusammen bist, habt ihr wohl entschieden, dass er zu den Guten gehört.«

»Nö«, antwortete Phoebe. »Wir hoffen aber, dass uns dieses Wochenende dabei helfen wird, das herauszufinden. Anschließend kümmern wir uns um den Dämon. Das Komische ist nur, dass er schon am Donnerstagabend fahren möchte und nicht erst Freitag.«

Paige verzog verwirrt das Gesicht. »Ist das vielleicht billiger?«

»Ich weiß nicht, aber er hat jedenfalls darauf bestanden«, sagte Phoebe. »Obwohl ich mir dafür extra einen Tag freinehmen muss. Ich wollte eigentlich widersprechen, aber wenn seine Stimme immer noch dieselbe Wirkung auf mich hätte wie vorher, hätte ich das Ganze bestimmt für die beste Idee der Welt gehalten. Also musste ich Ja sagen.«

»Donnerstag?«, wunderte sich Leo. »Ist das nicht der Dreißigste?«

»Ja, warum?«, fragte Paige.

»Da gibt es einen so genannten blauen Mond«, antwortete Leo. »Der zweite Vollmond in diesem Monat.«

»Mädchentag!«, riefen Piper und Phoebe wie aus einem Mund und lachten. Phoebe erklärte es Paige und Leo: »Als wir noch klein waren, sagte Grams immer, der blaue Mond sei ein ganz besonderer Halliwell-Feiertag. Wir haben den ganzen Tag damit verbracht, ein tolles Abendessen vorzubereiten, und dann haben wir das Essen hochgetragen und ein Picknick auf dem Dachboden abgehalten.«

»Ich glaube, diese ganze Kocherei ist dafür verantwortlich, dass aus mir eine Köchin geworden ist«, fügte Piper hinzu.

»Von einem Mädchentag wusste ich bisher noch nichts, und daran habe ich auch gar nicht gedacht. Dieser Mond kann ganz besondere magische Kräfte freisetzen«, erklärte Leo. »Es ist ein Tag, an dem Bindungen geschwächt werden.«

»Und warum ist das so wichtig?«, erkundigte sich Piper.

»Kerria hat sich in letzter Zeit einige Feinde gemacht, und während dieser Mondphase wird sie verwundbarer sein«, antwortete er. »Ich hatte gehofft, dass wir beide jetzt endlich einmal etwas Zeit für uns hätten, aber ich habe das Gefühl, sie wird bald wieder meine Hilfe benötigen.«

»Du hast wirklich Glück, dass ich dir vertraue, sonst würde ich mir ihretwegen langsam Sorgen machen«, zog Piper ihn auf.

»Warum ist sie dann verwundbarer?«, krächzte Paige.

»Das liegt daran, dass bei einem blauen Mond alle möglichen unvorhersehbaren Dinge geschehen können. Wenn sie ihre Kräfte bis dahin nicht vollständig zu beherrschen gelernt hat, könnte sie sie an diesem Tag sogar ganz verlieren. Ich werde wohl gut auf sie aufpassen müssen.«

In diesem Augenblick meldete sich das Babyfon auf dem Couchtisch. Als Piper Wyatts Weinen vernahm, wollte sie aufstehen. »Ich geh hin«, sagte Leo rasch. »Du hast in letzter Zeit die ganze Arbeit allein gemacht.« Er lief die Treppe hoch.

»Siehst du? Das war doch auch irgendwie romantisch«, sagte Phoebe zu Piper.

»Ich weiß. Ich sollte nicht wütend auf ihn sein, aber ich bin so frustriert. Es dürfte einfach nicht so schwierig sein, ein bisschen Zeit für Romantik zu finden«, meinte Piper.

»Vielleicht solltest du mal Indar anrufen und um Rat

fragen«, schlug Paige vor. Sie kicherte über ihren eigenen Witz und wurde prompt mit einem Hustenanfall bestraft.

»Das klingt ja furchtbar«, sagte Phoebe.

»Weiß ich. Ich habe aber schon alles ausprobiert. Medikamente, Kräuter, Magie … nichts hat geholfen, diese Erkältung loszuwerden.«

»Ich schätze, dann stimmt es, was man so sagt«, begann Piper.

»Was denn?«, fragte Paige.

»Dass es für eine einfache Erkältung leider kein Heilmittel gibt!«

»Hallo, Tante Paige!«, sagte Leo mit verstellter Stimme und winkte mit Wyatts kleiner Hand, als er seinen Sohn am Mittwochmorgen in die Küche trug.

»Hallo, Wy-Wy«, erwiderte Paige und schnitt eine Fratze, um das Baby zum Lachen zu bringen. »Kommt mir bloß nicht zu nahe! Ich bin schon wieder erkältet«, sagte sie zu Leo.

»Dann hast du wohl immer noch kein Mittel gefunden, die Krankheit ein für alle Mal loszuwerden, wie?«, fragte er. Er öffnete einen Schrank und holte ein Gläschen mit Babynahrung für Wyatt heraus.

»Nein, aber das ist schon in Ordnung«, gab Paige zurück. »Obwohl ich mir zuerst Sorgen gemacht habe, dass meine Kräfte daran schuld sein könnten.«

Leo sah schuldbewusst drein. »Das wusste ich ja gar nicht. Tut mir Leid, Paige. Ich war in letzter Zeit ein mieser Ehemann, und ich schätze als Wächter war ich auch nicht viel besser. Wenn du dir wegen deiner Kräfte Sorgen machst, hätte ich hier sein müssen, um dir beizustehen.«

Paige konnte es nicht ertragen, ihn so niedergeschlagen zu sehen, obwohl an dem, was er über sein Verhalten in den letzten Wochen gesagt hatte, etwas Wahres dran war.

»Wir brauchen dich schließlich nicht so dringend wie Kerria«, sagte sie großmütig, damit er sich etwas besser fühlte. »Ich habe mich mit dieser ganzen Erkältungsgeschichte abgefunden. Ist schließlich meine eigene Schuld.«

»Wieso?«, fragte Leo. Er setzte Wyatt in sein Hochstühlchen und begann, ihn zu füttern.

»Ich hätte mir gar nicht einbilden dürfen, ich könnte sie vernichten«, sagte Paige. »Jeder weiß, dass gegen eine Erkältung kein Kraut gewachsen ist.«

Leo lachte. »Ich schätze, so kann man es auch sehen.«

»Es stimmt doch. Nur, weil ich eine Hexe bin, heißt das noch lange nicht, dass ich Macht über alles habe«, fuhr Paige fort. »Denk mal darüber nach. Erkältungen sind etwas ganz Natürliches. Und wieso sollte ausgerechnet ich im Stande sein, die Natur zu besiegen? Schließlich bin ich ja nicht allmächtig oder so.«

»Du hast doch aber auch gar nicht geglaubt, dass du das bist«, widersprach Leo.

»Nein, aber trotzdem ...« Paige trank von ihrem Zitronentee. »Ich habe mich von meiner Macht hinreißen lassen. Es ist gut, dass ich Unschuldigen helfen und das Böse bekämpfen kann, aber ich sollte mir besser nicht einbilden, dass ich alles in Ordnung bringen kann, was auf dieser Welt schiefläuft. Wenn ich eine Erkältung verschwinden lassen kann, warum nicht auch Krebs? Oder AIDS?«

Leo schwenkte einen Löffel mit Brei durch die Luft und tat so, als wäre der Löffel ein Flugzeug für Wyatt. »Das ist eine ziemlich bedeutsame Erkenntnis«, sagte er zu Paige.

»Weiß ich. Aber das viele Nachdenken macht meine Kopfschmerzen auch nicht besser«, scherzte sie.

»Oh, nein«, sagte Leo und ließ den Babylöffel mit einem Scheppern fallen.

»Ich mach doch nur Spaß«, sagte Paige.

»Nein, es ist Kerria«, rief Leo. »Sie braucht mich. Sie ist mal wieder in Schwierigkeiten.« Er sah Wyatt an und seufzte. »Ich habe Piper versprochen, mich heute Morgen um Wyatt zu kümmern. Ich hab das Gefühl, ich habe ihn schon seit Wochen nicht mehr zu Gesicht bekommen. Jedenfalls nicht, solange er wach ist.«

»Weißt du was? Ich könnte doch gehen und nachsehen, was mit Kerria los ist«, bot Paige ihm an. »Ich bin schließlich in der Ausbildung zum *Wächter des Lichts*. Vielleicht kann ich helfen.«

Leo zögerte.

»Leo, ernsthaft, lass *mich* das machen«, beharrte Paige. »Du brauchst mal wieder ein bisschen Zeit mit deinem Sohn. Und ich verspreche dir hoch und heilig, dass ich dich rufe, wenn sich herausstellt, dass ich mich übernommen habe.«

»Eigentlich sollte ich dich nicht …« Seine Augen wanderten zu Wyatt, der seine Händchen nach der Schüssel mit seinem Brei ausstreckte.

»Betrachte es einfach als Aufklärungsmission.« Paige stand auf. »Ich werde bloß herausfinden, wo das Problem liegt, dann komme ich dich holen. Auf die Weise hast du wenigstens Zeit, Wyatt zu Ende zu füttern. Und, äh, wenn du damit fertig bist, könntest du noch mal kurz hochgehen und Piper einen Kuss geben oder so. Sie fühlt sich nämlich ganz schön vernachlässigt.«

Sie winkte ihm kurz zu und orbte dann davon, um Kerria aufzusuchen.

»Du bist aber früh auf«, sagte Piper, als sie auf den Dachboden kam.

Phoebe blickte vom *Buch der Schatten* auf. Sie blätterte seit zehn Minuten darin herum. »Ich suche nach einer Beschreibung von unserem Mädchentag. Grams hat immer so viel Aufhebens davon gemacht, dass ich dachte, sie hat vielleicht etwas darüber hineingeschrieben.«

Pipers Augenbrauen zogen sich besorgt zusammen. »Wie kommst du denn darauf?«

»Es ist einfach nur ein blöder Zufall«, antwortete Phoebe. »Ich hab schon jahrelang nicht mehr über den Mädchentag nachgedacht. Ich hatte ihn völlig vergessen.«

»Ich auch«, gab Piper zu. »Nachdem wir alle von zu Hause weggegangen waren, ist das Ganze einfach so im Sand verlaufen.«

»Aber findest du es nicht auch merkwürdig, dass Daniel so darauf bestanden hat, dass wir ausgerechnet am Tag des blauen Mondes zusammen wegfahren?«, fragte Phoebe. »Vor allem, wenn es ein Tag mit magischer Bedeutung ist, wie Leo sagt.«

»Und ganz besonders dann, wenn es Indars Idee war«, pflichtete Piper ihr bei. »Steht denn irgendwas davon im Buch?«

Phoebe beugte sich wieder darüber. »Da steht jede Menge über Mondphasen im Allgemeinen, aber ich habe noch nichts über den blauen Mond gefunden.«

Piper hockte sich auf einen der Stühle, die überall auf dem Speicher herumstanden. »Der Mädchentag hat immer viel Spaß gemacht«, erinnerte sie sich. »Weißt du noch? Wir brauchten nicht in die Schule zu gehen, und das war der einzige Tag, an dem Grams uns so viele Kekse und Süßigkeiten in uns hineinstopfen ließ, wie wir wollten.«

»Außer Prue. Sie hat sich stattdessen lieber mit Kartoffelchips vollgestopft«, erinnerte sich Phoebe lächelnd. Sie hatte schon lange Zeit nicht mehr so intensiv über ihre Kindheit nachgedacht, aber es war schön, jetzt darauf zurückzublicken, sich an ihre Großmutter zu erinnern, die sie aufgezogen hatte, nachdem ihre Mutter gestorben war. Und an ihre älteste Schwester, zu der Phoebe als Kind immer aufgesehen hatte.

»Ist schon komisch, oder?«, sagte Piper. »Grams hat aus dem blauen Mond einen Feiertag für uns gemacht, und ganz offensichtlich hat das etwas mit dem Hexenkult zu tun, aber von der magischen Komponente hat sie uns nie etwas erzählt.«

»Na ja, sie hat uns nie etwas von Magie erzählt, Punkt.« Phoebe blätterte eine weitere Seite in dem alten Buch um und hielt plötzlich die Luft an. »Jedenfalls nicht zu ihren Lebzeiten. Aber sie erzählt uns jetzt etwas darüber.«

Piper sprang auf und stellte sich neben sie. »Was steht denn da?«

»Blauer Mond – Gefahr«, las Phoebe vor.

»Das klingt aber gar nicht gut.«

»Da der blaue Mond traditionell eine Mondphase ist, die die Bande der Magie lockert, könnte er für die Macht der Drei eine Katastrophe bedeuten«, fuhr Phoebe fort. »Während einige Hexen möglicherweise erleben, wie sich die Bande zwischen ihnen und ihren Kräften verringern, haben die Zauberhaften Drei noch ein zusätzliches Problem:

Auch das Band zwischen den drei Schwestern wird sich lockern. Deshalb ist es zwingend erforderlich, dass die Macht der Drei an diesem Tag besonders geschützt wird.«

»Aber wie denn?«, wollte Piper wissen.

»Es scheint, als hätte Grams da eine Theorie gehabt«, antwortete Phoebe, die den Rest der Seite überflog. »Die Macht der Drei ist immer präsent, ganz egal, wo jede Einzelne von uns sich gerade aufhält. Aber wenn wir während eines blauen Mondes nicht an einem Ort zusammen sind, dann sind die Bande, die uns verbinden, geschwächt. Das könnten sich unsere Gegner zunutze machen, indem sie das Band endgültig durchtrennen – und so die Macht der Drei zerstören.«

Piper stieß einen leisen Pfiff aus. »Deshalb hat sie das alles gemacht. Grams wollte die Macht der Drei beschützen, noch bevor wir überhaupt etwas davon wussten.«

»Mädchentag«, sagte Phoebe. »Sie hat uns den ganzen Tag zusammengehalten, weil sich die Bindung zwischen uns geschwächt hätte, wenn wir getrennt gewesen wären.«

»Du weißt, was das bedeutet, nicht wahr?«, fragte Piper. »Indar – und vielleicht auch Daniel – versucht, den blauen Mond auszunutzen. Deshalb hat Daniel darauf bestanden, dass ihr schon am Donnerstag losfahrt. Er – oder wer auch immer – möchte uns trennen.«

Phoebe nickte grimmig. »Sieht so aus, als ob wir dieses Wochenende allesamt nach Tahoe fahren. Das ist der einzige Weg, um zusammenzubleiben.«

»Die Frage ist, was haben sie vor?«, sagte Piper nachdenklich. »Es ist möglich, dass das alles ein ausgeklügelter Plan ist, um an Paige und mich heranzukommen, und nicht unbedingt an dich. Wenn du mit Daniel weg bist, ist die

Macht der Drei geschwächt und er kann uns hier angreifen.«

»Hä? Dann kommt Indar also vielleicht hierher – und wir sind alle in Tahoe.« Phoebe biss sich nachdenklich auf die Unterlippe.

»Aber spielt das überhaupt eine Rolle?«, fragte Piper. »Wir wären auf jeden Fall auf der sicheren Seite. Und unser Hauptziel ist es, heraus zu bekommen, wo Daniel in diesem ganzen Schlamassel steht. Es ist möglich, dass er einfach ein Unschuldiger ist, der nur macht, was Indar ihm sagt.«

»Aber wie sollen wir das beweisen?«, fragte Phoebe.

»Indar will uns schwächen. Das bedeutet, dass er entweder versuchen wird, uns umzubringen oder unsere Kräfte zu stehlen«, sagte Piper. »Wenn Daniel mit ihm im Bunde ist, dann wird er dir nachstellen, während Indar es auf Paige und mich abgesehen hat.«

»Dann soll ich also meinen romantischen Wochenendtrip machen und einfach abwarten, ob Daniel mich angreift oder nicht?«, erkundigte sich Phoebe.

»Hey, schließlich hat niemand behauptet, dass die Liebe einfach ist«, erwiderte Piper. »Auf der anderen Seite musst du das Ganze einfach mal positiv betrachten: Wenn du den Donnerstagabend ohne Angriff überstehst, hat Daniel es nicht auf dich abgesehen. Außer im romantischem Sinne, natürlich.«

»Irgendwie ist das nicht wirklich tröstlich«, sagte Phoebe. »Ein Mann, der so schüchtern ist, dass er sein Liebeswerben einem Dämon überlässt ...«

»Ach, tu doch nicht so.« Piper grinste. »Du hattest echt schon schlimmere Typen!«

Paige erblickte durch das weiße Licht des Orbens hindurch eine verzweifelt aussehende junge Frau, die von drei Tracer-Dämonen umringt war.

»Na, das sieht aber nicht sehr lustig aus«, sagte sie, als sie neben dem Mädchen materialisierte.

Das Mädchen schob sich die roten Ponyfransen aus den Augen und starrte Paige an. »Wer sind Sie denn?«

»Paige Matthews.« Paige schleuderte einen Feuerball auf einen der Dämonen und orbte rasch einen weiteren in die Schusslinie des Feuerballs. Beide Dämonen gingen in Flammen auf. Der dritte machte sich auf der Stelle davon. Paige wandte sich der jungen Frau zu. »Kerria, nehme ich an?«

»Ja.« Kerria wirkte verstört. »Was ist denn mit ihnen passiert?«

»Nun ja, zwei von ihnen sind tot, und der dritte ist geflohen. Tracer-Dämonen wandern zwischen den Dimensionen, also befindet er sich inzwischen wahrscheinlich in einer anderen Dimension.« Paige sah sich in dem Zimmer um. »Sie haben deine Wohnung ja ganz schön auseinander genommen, was?«

»Nein, eigentlich ist das schon gestern passiert, als ich gegen einen Warlock gekämpft habe«, sagte Kerria. »Ich hatte noch keine Zeit aufzuräumen.«

Paige stieß einen Pfiff aus. »Du bist eine viel beschäftigte Frau.«

»Es tut mir Leid, ich bin etwas verwirrt«, sagte Kerria. »Wer sind Sie? Ich habe nach meinem Wächter gerufen.«

»Stimmt. Ich bin seine Schwägerin«, sagte Paige. »Ich bin ebenfalls eine *Wächterin des Lichts.* Sozusagen. Ich fange gerade erst an.«

»Dafür haben Sie Ihre Sache richtig gut gemacht«, sagte

Kerria. »Ich wusste gar nicht, dass *Wächter des Lichts* Feuer werfen können.«

»Ach das. Die meisten Wächter können das auch nicht. Ich bin halb Hexe.« Paige blickte sich in dem chaotischen Apartment auf der Suche nach einer Schachtel Taschentücher um, nahm sich eins und nieste hinein. »Entschuldigung, ich bin erkältet.«

»Paige … Du bist eine der Mächtigen Drei!«, rief Kerria aus. »Natürlich. Kein Wunder, dass du so stark bist. Was tust du denn hier?«

»Leo ist gerade mit einem seiner anderen Schützlinge beschäftigt«, antwortete Paige. »Seinem Sohn. Er war in letzter Zeit nicht viel bei seiner Familie, deshalb bin ich an seiner Stelle gekommen.«

Kerria wirkte beschämt. »Das ist meine Schuld, oder?«

»Größtenteils«, sagte Paige aufrichtig.

»Ich weiß. Ich scheine Probleme geradezu magisch anzuziehen.« Kerria räumte einen Teil ihrer Couch frei und bat Paige mit einer Geste, sich zu setzen. »Ich weiß auch nicht, wieso.«

»Seit wann hast du deine Kräfte denn schon?«, erkundigte sich Paige.

»Zwei Monate.«

»Zwei Monate, und du kämpfst schon gegen Warlocks und wirst von Tracer-Dämonen gejagt?«, rief Paige. »Du legst ein ganz schönes Tempo vor.«

»Wirklich? Ist das nicht normal?«

»Nein«, sagte Paige. »Wie kommt es denn, dass du es gleich mit so vielen miesen Typen zu tun hast?«

»Na ja, ich habe herausgefunden, dass ich eine Hexe bin und diese Kraft habe, um anderen Menschen zu helfen«, erklärte Kerria. Sie ließ sich auf den Boden fallen und nahm eine Yogaposition ein. »Also bin ich losgezogen und hab mich nach Leuten umgeschaut, die meine Hilfe brauchen. Es ist echt nicht zu fassen, wie viele Dämonen es in dieser Stadt gibt.«

»Ich weiß«, stimmte Paige zu. »Aber warum ziehst du los und suchst nach ihnen?«

Kerria hörte mitten in einer ihren Dehnübungen auf und starrte sie mit hochgezogenen Augenbrauen verständnislos an. »Was meinst du damit?«

»Ich meine, warum jagst du Dämonen?«, fragte Paige. »Und Warlocks?«

»Weil sie böse sind«, sagte Kerria betont langsam, als ob Paige schwer von Begriff wäre. »Und weil sie vernichtet werden müssen.«

»Ja, schon«, sagte Paige. »Das Böse ist schlecht, das stimmt, aber es ist doch nicht deine Aufgabe, es im Alleingang auszumerzen.«

Kerria schüttelte den Kopf. »Das versteh ich nicht.«

»Sieh mal, Kerria. Du bist erst seit kurzem eine Hexe. Du kannst deine Kräfte unmöglich schon vollständig beherrschen«, sagte Paige behutsam. »Ich lerne immer noch ständig etwas Neues über meine Kräfte, und ich habe meine schon eine ganze Weile länger als du.«

»Und was heißt das?«

»Das heißt, dass du noch nicht bereit bist für Warlocks und Dämonen. Jedenfalls nicht in diesen Mengen«, antwortete Paige. »Versteh mich nicht falsch, es ist toll, dass du dabei helfen willst, das Böse zu bekämpfen, aber niemandem ist damit gedient, wenn du umgebracht wirst. Und wenn du Leo Tag für Tag herbeizitierst, damit er dir aus der

Klemme hilft, bedeutet das, dass du seine ganzen anderen Schützlinge gefährdest, weil er für sie nicht da sein kann.«

Kerria schluckte. »Darüber habe ich noch nie nachgedacht.«

»Ich weiß, dass du das nicht getan hast«, nickte Paige. »Aber du musst endlich anfangen, so zu denken. Du musst damit anfangen, die großen Zusammenhänge zu sehen. Es gibt viel Böses auf der Welt, und eine Hexe allein kann es unmöglich besiegen. Ganz egal, was du tust, du wirst es niemals schaffen, alles zu beseitigen, was auf dieser Welt schlecht ist.«

»Aber ich muss es doch wenigstens versuchen, oder nicht?«

»Das denke ich nicht«, erwiderte Paige. »Ich versuche schon eine ganze Weile, diese dumme Erkältung loszuwerden, aber sie kommt immer wieder. Magie hat auf sie überhaupt keine Wirkung. Deshalb denke ich, dass Magie vielleicht nicht die Antwort auf alles ist. Vielleicht gibt es ein paar Dinge, über die wir keine Kontrolle haben, egal, was wir tun.«

»Aber was hat das mit den Dämonen zu tun?«, wollte Kerria wissen.

»Im Grunde gar nichts. Ich meine ja nur, dass das Einzige, was du wirklich kontrollieren kannst, du selbst bist. Und deine Kräfte. Du musst die Grenzen deiner Macht akzeptieren«, erklärte Paige. »Lass es ein bisschen langsamer angehen. Kämpfe, wenn du stark genug zum Kämpfen bist. Du kannst nicht sämtliche Probleme auf der Welt lösen, und das erwartet auch niemand von dir.«

Kerria überlegte einen Augenblick. »Ich muss sagen, das ist eine Riesenerleichterung«, gab sie schließlich zu. »Seit ich meine Kräfte habe, denke ich, ich muss immerfort unterwegs sein und jeden einzelnen Bösewicht vernichten, den ich finden kann. Und weißt du was?«

»Was?«, fragte Paige.

»Ich bin total erledigt!«

»Bist du sicher, dass wir nicht mitkommen sollen?«, fragte Leo Piper am Donnerstagnachmittag. Er setzte Wyatt von der rechten auf die linke Hüfte und fuhr fort: »Kerria hat mir fest versprochen, dass sie mich dieses Wochenende nicht braucht.«

»Das ist toll, Schatz, aber ich muss jetzt arbeiten«, sagte Piper und warf ihre Reisetasche in den Kofferraum des Wagens. »Du weißt doch, dass Paige und ich während des blauen Mondes unbedingt in Phoebes Nähe bleiben müssen. Und ich will mir keine Sorgen um Wyatt machen müssen, während wir uns mit Indar und Daniel herumschlagen.«

»Ich weiß«, sagte Leo. »Ich würde nur gerne etwas Zeit mit dir verbringen, jetzt, wo ich schon mal die Gelegenheit dazu habe. Wer weiß, wie lange Kerria mich in Ruhe lässt?«

»Mach dir mal keine Sorgen wegen Kerria«, beruhigte Paige ihn und schmiss ihre eigene Tasche ins Auto. »Sie dürfte dir in Zukunft nicht mehr so viel Arbeit machen.«

Leos Augenbrauen schossen nach oben. »Warum nicht?«

»Sie hat beschlossen, ihren Kräften erst einmal den letzten Schliff zu verpassen«, gab Paige zurück. »Sie wird vorläufig nicht mehr auf der Suche nach Ärger losziehen.«

»Hat sie das gesagt?«

»Jawohl.« Paige grinste ihn an. »Gern geschehen.«

»Warte mal. Wie hast du das geschafft?«, fragte Leo. »Ich versuche die ganze Zeit, sie vor all diesen Dämonen zu beschützen, die sie verfolgen, und sie hat nie auch nur ein Wort darüber verloren, dass sie zu Hause bleiben und ihren Kräften den letzten Schliff verpassen möchte.«

»Ich habe mich einfach mal mit ihr unterhalten«, sagte Paige. »Du weißt schon, von Frau zu Frau. Ich habe ihr gesagt, dass sie nicht für die ganze Welt verantwortlich ist. Und dass sie sie nicht kontrollieren kann.«

»Hat sie das denn gedacht?«, fragte Leo erstaunt.

»Ja, natürlich«, antwortete Paige. »Sie ist eine starke Frau. Wir denken alle, wir können die Welt beherrschen.«

Piper lachte. »Im Augenblick würde es mir schon reichen, wenn ich unseren Zeitplan beherrschen könnte. Phoebe und Daniel dürften in etwa zehn Minuten losfahren. Und wir müssen direkt hinter ihnen sein.« Sie küsste Wyatts Pausbacken und stellte sich dann auf die Zehenspitzen, um Leo zum Abschied zu küssen.

»He, warte doch mal!«, rief er und folgte ihr auf die Fahrerseite. »Sei vorsichtig! Und ruf mich, wenn du mich brauchst.«

»Das mach ich«, versprach sie.

»Und … Piper?«

»Hm?«

»Wenn du wieder hier bist, würdest du dann mit mir zu Abend essen?«, fragte Leo. »Anlässlich unseres Hochzeitstags?«

Piper lächelte. »Ich dachte schon, du würdest nie fragen.«

»Ich freue mich wirklich schon sehr auf unser Essen heute Abend, Phoebe«, sagte Daniel, als er von der Hauptstraße abbog und in die Hügel in der Nähe von Tahoe fuhr. »Das

Hotel hat ein Fünfsternerestaurant. Ich habe den besten Tisch für uns reserviert – mit Blick auf den See. Sie haben mir garantiert, dass das der romantischste Platz im ganzen Saal ist.«

»Klingt wunderbar«, bemerkte Phoebe.

»Ich dachte, danach könnten wir noch zu diesem kleinen Café am Strand spazieren. Was meinst du?«, fuhr Daniel fort. »Mondschein auf dem Wasser, Cappuccino ... und ich habe mir sagen lassen, dass dort jeden Abend jemand Klavier spielt.«

»Super. Klingt ... wunderbar«, wiederholte Phoebe. Sie wusste einfach nicht, was sie sonst sagen sollte. Die Fahrt hatte nur drei Stunden gedauert, aber es hatte sich wie eine ganze Ewigkeit angefühlt. Es hatte sich herausgestellt, dass es viel schwieriger als erwartet war, ein normales Gespräch mit Daniel zu führen. Sie musste so tun, als wäre sie von jedem seiner Worte verzaubert, gleichzeitig musste sie die Tatsache ignorieren, dass ihm jedes Wort von einem Dämon eingeflüstert worden war. Es schien nahezu unmöglich, so zu tun, als hätte sie eine ganz normale Verabredung mit einem ganz normalen Mann.

»Ich bin so froh, dass du mitgekommen bist«, sagte Daniel. »Ich weiß, dass es zwischen uns in letzter Zeit nicht so toll gelaufen ist, aber ich hoffe wirklich, dass wir noch mal ganz von vorne anfangen können.«

Er ergriff ihre Hand und führte sie an seine Lippen. Phoebe zwang sich zu einem Lächeln. Sie dachte darüber nach, wie romantisch diese Äußerungen wären, wenn sie nur von Daniel kämen und nicht von Indar.

»Vor allem jetzt, wo du mir die Augen für meine, äh, meine wahre ... Identität ...«

»Du meinst, dass du ein Hexer bist«, unterbrach Phoebe ihn.

»Ja. Dadurch fühle ich mich dir noch mehr verbunden«, fuhr Daniel fort. »Das ist wieder etwas, das wir beide gemeinsam haben.«

Phoebe konnte es einfach nicht mehr ertragen. »Daniel, das ist das *Einzige*, das wir gemeinsam haben«, sagte sie so behutsam wie möglich. »Wenigstens soweit ich weiß. Du hast mir ja nie irgendetwas über dich erzählt. Bei all unseren Verabredungen wolltest du immer nur über mich reden.«

»Ich wollte alles von dir wissen. Du faszinierst mich«, sagte Daniel. »Ich könnte deinen Erzählungen ewig zuhören.«

Phoebe musste sich sehr beherrschen, um nicht genervt die Augen zu verdrehen. Hatten solche Sätze bei ihren ersten Verabredungen tatsächlich funktioniert? Indar hatte sich anscheinend ganz und gar darauf verlassen, dass Daniels Stimme ihre Wirkung nicht verfehlen würde.

»Hat Indar dir gesagt, dass Frauen gerne über sich selber reden?«, fragte Phoebe.

Daniel starrte sie fassungslos an. »Äh …«

»Ist schon in Ordnung«, sagte Phoebe schnell. »Das würde ich den Leuten wahrscheinlich auch raten – wenn du willst, dass dich jemand mag, dann musst du ihm das Gefühl geben, etwas Besonderes zu sein. Und der beste Weg, das zu erreichen, ist, ihn zum Mittelpunkt der Aufmerksamkeit zu machen. Also bringt man ihn dazu, über sich selbst zu reden.«

»Ja, das ist genau das, was Indar sagte«, gab Daniel zu. »Aber das ist nicht der einzige Grund, warum ich mich so verhalten habe. Ich wollte wirklich mehr von dir wissen, Phoebe. Du bist … du bist exotisch. Du bist wunderschön und geheimnisvoll, und du strahlst so viel Selbstbewusstsein aus. Ich wünschte, ich wäre in dieser Beziehung ein bisschen so wie du. Ich wollte wissen, was in dir vorgeht und wie du das schaffst.«

Phoebe fühlte sich tatsächlich auf angenehme Weise verlegen. Sie hatte das Gefühl, dass in diesem Augenblick wirklich Daniel zu ihr sprach, und nicht Indar. Aber wie konnte sie sich da sicher sein? »Das ist lieb von dir«, sagte sie.

»Ich meine es auch so«, versicherte Daniel ihr.

»Hat Indar dir gesagt, du sollst das alles sagen?« Phoebe musste einfach nachfragen.

»Nein«, erwiderte Daniel. »Nicht alles, was ich tue, ist auf ihn zurückzuführen.«

»Dann war es also deine Idee, heute hierher zu fahren, an einem Donnerstag?«, fragte Phoebe. »Nicht Indars?«

Daniel antwortete nicht. Phoebe biss sich beunruhigt auf die Lippe. War sie zu weit gegangen? Wenn sie tatsächlich immer noch unter dem Bann von Daniels Stimme stehen würde, hätte sie ihn wahrscheinlich nicht so ausgequetscht. Und es war absolut notwendig, dass er fest daran glaubte, dass seine Stimme nach wie vor bei ihr wirkte.

»Ich wollte sicher sein, dass wir im Restaurant einen guten Tisch bekommen«, sagte Daniel schließlich.

Er lügt. Phoebe war sich dessen ganz sicher. Bis jetzt hatte er aufrichtig geklungen, aber etwas in seiner Stimme hatte sich verändert, was vermutlich bedeutete, dass der Ausflug hierher am Abend des blauen Mondes Indars Idee gewesen war. Die einzige offene Frage war nun noch, ob Daniel in die Pläne des Dämons eingeweiht war oder nicht. Phoebe warf beiläufig einen Blick in den Rückspiegel, um zu überprüfen, ob Piper und Paige immer noch hinter ihnen waren. Die Zauberhaften wussten nicht, wie dicht sie zusammenbleiben mussten, um die Macht der Drei während des blauen Mondes zu beschützen, aber sie alle waren der Meinung, je dichter, desto besser. Grams hatte dafür gesorgt, dass sie sich stets im selben Raum aufhielten. Piper hatte das Hotel angerufen, um sicherzustellen, dass sie das Zimmer direkt neben Phoebes bekommen würden.

Als Daniel vor dem Hotel vorfuhr, rauschte Paige direkt an ihm vorbei die Auffahrt hinauf und parkte ungefähr zehn Meter vor ihm. Phoebe wusste, dass ihre Schwestern warten würden, bis Daniel und sie eingecheckt hatten, bevor sie selbst das Hotel betraten.

»Ich habe dafür gesorgt, dass wir aus unseren Zimmern auf der einen Seite auf den See hinausblicken und auf der anderen freie Sicht auf die Berge haben«, berichtete Daniel, als sie dem Pagen zum obersten Stock des exklusiven Hotels folgten. »Und dein Zimmer hat einen offenen Kamin. Ich dachte, das gefällt dir vielleicht.«

»Ich liebe Kamine, danke schön.« Phoebe ergriff seine Hand, in dem Bemühen, sich so zu verhalten, als stünde ihr tatsächlich ein romantisches Wochenende bevor und keine Machtprobe zwischen Gut und Böse.

Der Page war inzwischen in ihrem Zimmer angekommen und stellte ihren Koffer ab.

»Ich werde mich nach der Fahrt nur schnell ein bisschen frisch machen«, sagte Phoebe. »Danach können wir uns unten treffen und uns vielleicht die Stadt ansehen.«

»Okay«, sagte David. »Ich bin gleich nebenan, falls du mich brauchst.«

Phoebe holte ihr Handy noch in derselben Sekunde hervor, in der sich die Tür hinter ihm schloss. Sie wählte Pipers Nummer. »Ich bin oben, ihr könnt jetzt reinkommen«, sagte sie, als ihre Schwester dranging.

»Wir sind schon unterwegs. Hast du auf der Fahrt irgendetwas herausbekommen?«, fragte Piper. Phoebe hörte Paige im Hintergrund husten.

»Nein. Ich vermute aber, dass was auch immer Indar vorhat, heute Abend über die Bühne gehen soll«, antwortete Phoebe. »Sobald der Mond aufgeht.«

»Ich hoffe, es war kein Fehler, Leo und Wyatt zu Hause zu lassen«, sorgte sich Piper. »Wenn Indar tatsächlich dort angreift, könnten sie sich in Gefahr befinden. Wer weiß schließlich, wozu er in der Lage ist?«

»Wyatt hat sein Kraftfeld, und Leo kann auf sich selbst aufpassen«, versicherte Phoebe ihr. »Außerdem – wenn Indar herausfindet, dass du und Paige gar nicht zu Hause seid, dann wird er vermutlich gleich wieder verschwinden. Er ist schließlich nicht hinter Wyatt her.«

»In Wahrheit wissen wir doch gar nicht, hinter wem er her ist«, gab Piper seufzend zu bedenken. »Na ja, immer eins nach dem anderen. Wir müssen erst mal rausbekommen, ob Daniel auf der Seite des Dämons steht oder nicht.«

»Ich denke, ich gehe am besten gleich zu ihm rüber und hol ihn ab«, sagte Phoebe. »Wir wollten uns eigentlich unten treffen und dann noch spazieren gehen, aber ich möchte nicht riskieren, dass er euch zufällig über den Weg läuft. Deshalb geh ich gleich mal zu ihm und versuche, ihn dazu zu überreden, durch die Tür am Ende des Korridors zu gehen.«

»Alles klar. Paige und ich nisten uns dann in dem Zimmer auf der anderen Seite von deinem ein. Und lauft nicht zu weit. Wir drei müssen dicht beieinander bleiben.«

»Keine Angst. Ich werde so tun, als hätte ich mir den Knöchel verrenkt, dann bin ich in zehn Minuten wieder hier.«

Phoebe legte auf, überprüfte im Spiegel rasch noch einmal ihre Frisur und verließ dann ihr Zimmer. Auf dem Flur sah sie, wie der Page gerade aus Daniels Zimmer kam. »Bitte, halten Sie doch die Tür auf!«, rief sie ihm zu. Er streckte gleich die Hand aus, damit Daniels Tür nicht zufiel und Phoebe lief schnell hinüber und hielt sie fest. »Danke schön.« Während der Page anschließend den Flur hinunterging, drehte sie sich um und stieß die Tür auf.

»Daniel?«, rief sie. »Ich bin's.«

Aber nicht Daniel war in dem Hotelzimmer.

Es war Indar.

11

Phoebe blieb vor Schreck fast die Luft weg.

Und dann war der Dämon verschwunden.

»Phoebe?« Daniel kam durch die gläserne Schiebetür, die auf den Balkon führte. »Was ist denn los?«

Sie betrat das Zimmer nun vollends, wobei sie vorsichtig nach rechts und links spähte, um herauszufinden, wo Indar steckte. Sie hatte ihn eindeutig gesehen. Er hatte rechts vom Kleiderschrank gestanden. Aber jetzt war er weg, und sie konnte ihn auch nirgends mehr spüren.

»Wonach suchst du denn?«, fragte Daniel.

Phoebe blickte ihn vorwurfsvoll an. »Ist Indar hier?«

Daniel starrte sie an. Sein Mund öffnete sich, aber er sagte kein Wort. Phoebe spürte Wut in sich aufsteigen. Sie hatte diese Ungewissheit so satt, nicht zu wissen, ob Daniel nun ihr Feind war oder ein Unschuldiger, den sie beschützen musste.

»Daniel?«, fragte sie. »Ich glaube, ich habe gerade deinen Dämonenfreund gesehen. Ist er auch hier?«

Daniels Gesicht wurde vom Hals bis zur Stirn dunkelrot »Ähm ...«

»Wo ist er hin?«, rief Phoebe und drehte sich um sich selbst. »Ist er unsichtbar?«

»Er ist nicht hier«, sagte Daniel. »Ehrlich nicht.«

»Also, vor drei Sekunden war er es aber noch! Ich hab ihn nämlich gesehen. Warum war er hier?«, rief sie. »Will er beim Abendessen vielleicht neben dir sitzen und dir ins Ohr flüstern, was du sagen sollst? Ist das deine Vorstellung von einem romantischen Wochenende?« Sie trat einen Schritt auf ihn zu. »Oder hast du vielleicht etwas ganz anderes im Sinn?«

Daniel wich mit vor Schreck weit aufgerissenen Augen zurück. »Wovon redest du überhaupt?«, fragte er.

Phoebe erkannte, dass es auf ihn so wirken musste, als wollte sie ihn jeden Moment anfallen. Und Daniel schien tatsächlich nicht zu wissen, was sie meinte. Phoebe sah sich noch einmal gründlich um – kein Indar. Sie entspannte sich und trat wieder einen Schritt zurück.

»Tut mir Leid«, sagte sie. »Ich hatte einfach nicht erwartet, ihn hier anzutreffen. Ich dachte, wir beide verbringen das Wochenende ganz alleine, um uns endlich besser kennen zu lernen.«

»Tun wir doch auch«, sagte Daniel schnell. »Indar hat das Hotel ausgesucht, und der Vorschlag, zusammen wegzufahren – nur wir zwei – stammt ebenfalls von ihm. Aber das ist auch alles. Ansonsten hat er hiermit überhaupt nichts zu tun. Das schwöre ich dir.«

Phoebe musterte sein Gesicht. Er sah so gut aus wie immer, und er wirkte aufrichtig. Sie wusste, dass seine Stimme keinen Einfluss mehr auf sie ausübte. Sie wollte glauben, dass er ein unschuldiger Mann war, der von einem Dämon ausgenutzt wurde. Sie wollte ihm glauben.

Aber sie konnte es nicht.

»Ich dachte, du wolltest noch zum Café am See«, sagte Phoebe, als sie nach dem Abendessen nach oben gingen. »Haben wir deshalb nicht extra den Kaffee ausgelassen?«

Daniel zog und zerrte am Kragen seines Hemdes, um auf diese Weise seine Krawatte zu lockern. Er blickte im Fahrstuhl um sich, als ob er sich eingesperrt fühlte. »Stimmt«, sagte er. »Aber ich glaube, die haben bis Mitternacht geöffnet. Wir können also später noch hingehen.«

Phoebe sah ihn nachdenklich an. Er verhielt sich noch merkwürdiger als sonst. Seit sie zu Ende gegessen hatten, war Daniel nervös. Das romantische Getue hatte er ganz und gar aufgegeben, und er schien mittlerweile kaum noch zu wissen, dass Phoebe überhaupt da war. Sobald sie die Rechnung bezahlt hatten, war er zum Aufzug gestürzt, mit der Ausrede, er müsse dringend auf sein Zimmer zurück.

»Alles in Ordnung mit dir?«, erkundigte sie sich.

Daniels Augen leuchteten auf, als ob sie ihn auf eine gute Idee gebracht hätte. »Nein! Ganz und gar nicht. Ich fühl mich nicht so gut.«

Phoebe nahm ihm das nicht ab. »Was hast du denn?«

»Ähm, ich schätze, ich habe etwas Falsches gegessen.« Daniel verzog das Gesicht und legte die Hand auf die Magengegend. »Deshalb möchte ich lieber ein Weilchen nach oben gehen.«

Sie wusste, dass er log. Aber offensichtlich wollte er, dass sie auf ihre Zimmer zurückkehrten. Ob das wohl zu seinem Plan mit Indar gehörte? Sie wusste, dass ihre Schwestern oben auf sie warteten, für den Fall, dass sie ihre Hilfe brauchte, aber was sollte sie tun, falls er sie im Aufzug angriff? Sie wusste nicht einmal mit Gewissheit, ob Indar hier in Tahoe oder in San Francisco war. Nur für alle Fälle hatte sie sich ein Fläschchen Vernichtungstrank eingesteckt. Ob Indar vorhin tatsächlich in Daniels Zimmer gewesen war oder nicht, sie wollte auf jeden Fall vorbereitet sein. Ganz beiläufig streifte sich Phoebe den Gurt ihrer Tasche über die Schulter, damit sie ihre Hände zum Kämpfen frei hatte, falls das nötig sein sollte.

Der Aufzug hielt mit einem leisen ›Ping‹ im obersten Stockwerk. Phoebe nahm all ihre Kräfte zusammen, als die Tür aufging. Würde Indar auf der anderen Seite warten? Stand ihr ein Angriff bevor?

Sobald die Türen stillstanden, sprang Daniel aus dem Aufzug. »Ich ruf dich später an!«, rief er ihr über die Schulter zu und stürzte in Richtung seines Zimmers davon.

Phoebe blieb mit offenem Mund im Korridor stehen.

Daniel schloss seine Tür auf und verschwand in seinem Zimmer, ohne ihr auch nur einen Blick zuzuwerfen.

Langsam drehte sie sich einmal um sich selbst und kontrollierte den gesamten Flur. Vielleicht wartete Indar hier auf sie, bereit zum Angriff. Nichts passierte.

Dann öffnete sich eine Tür einen Spaltbreit, und Paige streckte ihren Kopf heraus. »Was ist denn da los?«, flüsterte sie.

»Ich hab keine Ahnung.« Phoebe ging zu ihrer Tür hinüber und zog ihre Karte durch den Schlitz. »Vielleicht lauert mir hier drin jemand auf.« Ihre Schwestern verließen sofort ihr Zimmer und stellten sich kampfbereit hinter ihr auf, als sie die Tür aufstieß und ins Zimmer sprang.

Der Raum war leer. Alles war genau so, wie sie es hinterlassen hatte.

»Ich versteh das nicht«, sagte Piper und schloss die Tür hinter sich. »Was soll das alles?«

Phoebe zuckte mit den Schultern. »Daniel hatte alles bis ins Letzte geplant. Abendessen bei Kerzenschein, anschließend ein Spaziergang hinunter zum See zu einem verträumten kleinen Café mit Musik und toller Aussicht.«

»Indar sollte Leo vielleicht auch mal ein paar Tipps geben«, murmelte Piper.

»Ich bin davon ausgegangen, dass Daniel mich auf dem Weg zum See angreifen würde, wenn er das überhaupt vorhatte«, sagte Phoebe. »Aber stattdessen hat er auf einmal alles abgeblasen und ist auf sein Zimmer gerannt. Er war noch nicht mal besonders höflich dabei.«

»Tja.« Paige ließ sich auf den Rand von Phoebes Bett plumpsen. »Meinst du, Indar hat ihn vielleicht gerufen? Vielleicht hat der Dämon versucht, unser Haus anzugreifen, hat herausgefunden, dass wir nicht da sind, und Daniel mitgeteilt, dass sich die Pläne geändert haben.«

Piper schüttelte den Kopf. »Leo wäre hergeorbt, falls irgendwas passiert wäre. Oder Wyatt.«

Phoebe zog den Vorhang zurück und blickte in den tiefschwarzen Himmel. Soeben ging über den Baumwipfeln ein perfekter Vollmond auf. »Der blaue Mond ist da«, sagte sie. »Wenn Daniel und Indar wirklich angreifen wollen, dann wird es langsam Zeit. Was ist?«

»Schsch!«, machte Paige. »Ich hab was gehört.«

»Was denn?«, fragte Phoebe.

»Von nebenan. Aus Daniels Zimmer.«

Phoebe lauschte. Sie hörte ein paar dumpfe Geräusche, konnte aber nicht erkennen, was er gerade machte. Zum Glück musste sie das auch gar nicht. Ihr fiel eine Bewegung draußen vor dem Fenster auf. Instinktiv ließ Phoebe den Vorhang fallen, sodass das Fenster zum größten Teil bedeckt war. »Macht das Licht aus!«, zischte sie ihren Schwestern zu.

Piper reagierte sofort, und das Zimmer wurde in Dunkelheit getaucht.

Langsam zog Phoebe den Vorhang zurück. Blasses Mondlicht strömte in den Raum. Im matten Licht konnte sie sehen, wie sich auf dem Balkon nebenan eine Gestalt bewegte. Jetzt hielt sie inne und drehte den Kopf, um in Phoebes Zimmer zu starren. Phoebe erstarrte und hoffte, dass sie das Mondlicht, das sich auf ihrem Fenster spiegelte, vor lästigen Blicken verbarg. Nach einem kurzen Moment drehte sich die Gestalt wieder um.

»Es ist Daniel«, flüsterte sie. »Er ist draußen auf seinem Balkon.«

»Kommt er hierher?«, fragte Piper.

Phoebe beobachtete, wie er sich über das Geländer seines Balkons beugte und auf den Boden drei Stockwerke unter ihm starrte. »Keine Ahnung«, antwortete sie.

Dann schwang Daniel plötzlich ein Bein über das Geländer und begann zu klettern – aber nicht auf Phoebes Balkon. »Er klettert runter«, rief Paige, die einen Blick über Phoebes Schulter geworfen hatte.

»Aber wieso?«, fragte Piper.

Phoebe und Paige zuckten mit den Achseln.

Daniel hatte mittlerweile den Balkon unter dem seinen erreicht und hangelte sich daran weiter.

»Er will wohl nach ganz unten«, rief Phoebe. »Wir müssen hinterher!«

»Ich nehme aber bestimmt nicht denselben Weg«, stellte Paige fest. »Diese Jeans eignen sich nicht für extreme Hotelsportarten. Und die Erkältung setzt meinem Gleichgewichtssinn ganz schön zu.«

Piper riss die Tür auf, und alle rannten in den Korridor hinaus.

»Die Treppe!«, schrie Phoebe und lief auf eine Tür am Ende des Korridors zu.

Sie rannten die drei Stockwerke hinunter und schoben

die Seitentür auf. Sie führte auf eine dunkle Ecke des Parkplatzes, der an ein hübsches kleines Waldstück grenzte, dessen Wege die Hotelgäste zum Spazierengehen einluden.

»Hier müsste er runtergekommen sein«, meinte Paige und deutete auf die Rückseite des Gebäudes. »Los!«

»Okay, aber leise«, warnte Piper. »Das könnte genauso gut eine Falle sein.«

Paige musste niesen.

Die beiden anderen warfen ihr vielsagende Blicke zu.

»Entschuldigung«, murmelte sie.

Phoebe führte sie auf den nächstgelegenen Waldweg, der parallel zur Rückseite des Hotels verlief und ihnen wenigstens etwas Deckung bot. Als sie auf der Höhe von Daniels Zimmer angekommen war, blieb sie stehen. Paige deutete schweigend auf die Erde. Im gefallenen Laub auf dem Waldboden waren deutlich Fußspuren zu erkennen, die vom Hotel zu dem kleinen Pfad führten. Es sah so aus, als hätte Daniel denselben Weg wie sie eingeschlagen.

Phoebe ging weiter, so langsam und leise wie möglich. Nach ein paar Metern schwenkte der Weg vom Hotel weg und führte tiefer in den Wald hinein. Ein Stück vor ihnen war jetzt ein trübes Licht zu sehen, und sie hörten gedämpfte Stimmen.

Phoebe wandte sich zu ihren Schwestern um. »Der Weg führt direkt zu einer Lichtung. Ich glaube, Daniel ist da. Ich geh vor und sehe nach. Ihr wartet hier.«

Piper packte sie am Arm. »Und was ist, wenn er dir auflauert?«, flüsterte sie.

»Darum sollt ihr ja hier warten«, erwiderte Phoebe. »Falls er mich angreift, schleichst du dich an und lässt ihn erstarren.«

Sie drehte sich um und folgte dem Weg bis zur Lichtung, in deren Mitte sich zwei grob behauene Holzbänke und eine kleine Feuerstelle befanden. Offensichtlich war das Ensemble als romantischer Treffpunkt gedacht, aber was dort in diesem Augenblick vor sich ging, war alles andere als romantisch.

Es brannte ein Feuer, dessen Flammen grün und violett gestreift waren. Auf der einen Seite kniete Daniel, auf der anderen Indar, der eine Art monotonen Sprechgesang angestimmt hatte. Während Phoebe näher heranschlich, brannte das Feuer immer höher, seine unnatürlichen Farben leuchteten auf, und der Rauch verdichtete sich.

Diesmal verschwand Indar nicht, sobald sie einen Blick auf ihn geworfen hatte. Er war eindeutig anwesend, und er befand sich ebenso eindeutig inmitten einer magischen Zeremonie. Phoebe zögerte nicht, sondern rannte auf die Lichtung hinaus und brüllte: »Stopp!«

Indar drehte sich zu ihr um, seine Augen glühten gelb. Er sprang auf die Füße, wobei er strauchelte und rücklings über eine der Holzbänke fiel.

»Was ist hier los?«, fragte sie mit einem Blick auf Daniel.

Er lächelte ruhig. »Nur ein wenig Magie. Jetzt sag mir bloß nicht, du weißt nicht, wie das aussieht. Schließlich bist du eine Hexe.«

Sie konnte kaum fassen, wie sehr er sich verändert hatte. Der liebenswerte, schüchterne junge Mann, der ihr nicht einmal in die Augen sehen konnte, ohne zu erröten, war verschwunden. »Ich hatte also Recht. Du bist kein Unschuldiger!«, zischte sie. »Du hast die ganze Zeit mit diesem Dämon unter einer Decke gesteckt!«

Daniel zuckte mit den Schultern.

»Damit ist jetzt Schluss.« Phoebe zog das Fläschchen mit dem Vernichtungstrank aus ihrer Tasche. »Diesmal kannst du mir nicht ausreden, ihn zu vernichten.«

»Oh. Wie schade«, sagte Daniel leichthin.

Indar hatte sich inzwischen unbeholfen wieder aufgerappelt und starrte Daniel an. Gerade als Phoebe den Arm hob, um die Flasche auf ihn zu schleudern, blickte er sie mit seinen gelben Augen an.

»Nein!«, kreischte er. Er rannte um die Bank herum und versuchte, sich dahinter zu verstecken.

»Du bist doch wirklich der jämmerlichste Dämon, den ich jemals getroffen habe«, murmelte Phoebe. Sie ging noch einen Schritt auf ihn zu, um den Trank über die Bank hinweg auf ihn zu werfen.

»Ich bin kein Dämon!«, schrie er mit angsterfüllter Stimme. »Ich bin nicht Indar. Ich bin Daniel!«

12

Phoebe erstarrte. »Häh?«

»Ich bin Daniel«, wiederholte der Dämon. »Phoebe, ich bin's.«

Phoebe wandte sich an Daniel. »Was ist hier los?«

Daniel lächelte nur und setzte sich auf die andere Bank.

»Sag ihr doch, dass ich es bin«, flehte der Dämon mit hoher, dünner Stimme. »Phoebe, du musst mir glauben. Es ist ein Zauber. Wir haben die Körper getauscht.«

Vor Überraschung blieb ihr der Mund offen stehen, und sie wirbelte zu Daniel herum. »Ich hoffe, das ist nur ein Witz.« Aber die Art und Weise, wie er ihr direkt in die Augen sah – ohne zu erröten –, und der selbstbewusste Ausdruck in seinen Augen verrieten ihr alles, was sie wissen musste. Sie mochte Daniels Körper vor sich haben, aber der, der drinsteckte, war nicht Daniel.

»Oh, mein Gott!«, sagte sie und drehte sich wieder zu dem kleinen, violetten Kerlchen mit den gelben Augen um. »Daniel. Was hast du dir bloß dabei gedacht?«

»Ich hab doch nicht erwartet ... na ja, ich weiß auch nicht, was ich eigentlich erwartet habe«, sagte er. »Und ich versteh einfach nicht, wie ich diesen Körper benutzen soll«, beklagte er sich.

»Du wirst dich schon daran gewöhnen«, sagte Indar mit Daniels Stimme.

Phoebe schüttelte den Kopf. Das ergab einfach keinen Sinn. Den Körper tauschen? Warum griffen sie sie nicht einfach an? Oder Piper und Paige?

»Einen Moment mal. Du hast dich also während unseres

ganz besonderen Wochenendes zum Neustart unserer Beziehung davongestohlen, um deinen Körper mit dem Kerl zu tauschen, der dir eigentlich helfen sollte?«, rekapitulierte Phoebe. »Nur so am Rande – du solltest ihn als Berater in Liebesdingen feuern.«

»Wir hatten eine Abmachung«, antwortete Daniel. »Ich wusste nur nicht, dass es schon heute Nacht passieren sollte. Ich hätte mich nicht rausschleichen sollen.« Er starrte auf seine schuppigen Füße. »Dass das nicht der schnellste Weg zum Herzen einer Frau ist, weiß ja sogar ich.«

»Der richtige Zeitpunkt war wichtig. Ich hatte keine Wahl«, sagte Indar ruhig. »Wir wären auch längst fertig, wenn uns Phoebe nicht unterbrochen hätte.«

»Fertig?« Phoebes Blick huschte zwischen den beiden hin und her. »Fertig womit?«

Keiner von beiden antwortete.

»Du hast gesagt, ihr hattet eine Abmachung?«, sprach Phoebe weiter. Sie stellte sich direkt vor Daniel und zwang ihn, ihr mit seinen gelben Augen ins Gesicht zu sehen. »Daniel, was für eine Abmachung?«

»Indar hat mir versichert, er würde mir beibringen, wie ich mit dir reden soll und wie ich dich dazu bringe, mit mir auszugehen«, antwortete Daniel. »Und als Gegenleistung bräuchte er meine Hilfe bei einem Zauber.«

»Einem Körpertauschzauber? Und du fandest, dass das eine gute Idee wäre?«, rief Phoebe.

»Nein, nein, nein«, sagte Indar. Phoebe musste ihn immer wieder anstarren. Es war einfach zu seltsam, Daniels Körper zu sehen und Daniels Stimme zu hören … und zu wissen, dass es nicht Daniel war. »Es handelt sich um einen ganz besonderen Zauber, den ich heute Nacht ausführen muss. Aber in meiner Dämonengestalt war mir das unmöglich. Ich muss menschlich sein, damit er funktioniert.«

»Er wollte sich meinen Körper nur für ein paar Minuten ausleihen, um seinen Zauber auszuführen«, erklärte Daniel. »Das schien mir ein geringer Preis dafür zu sein, dass ich im Gegenzug mit dir zusammen sein könnte.«

Phoebe seufzte. »Daniel, das ist wahrscheinlich das Romantischste, das du zu mir gesagt hast, seit wir uns kennen gelernt haben«, versicherte sie ihm. »Aber auch das Blödeste. Du hast zugestimmt, deinen Körper einem Dämon zu überlassen! Das ist einfach … einfach Wahnsinn!«

»Er hat gesagt, es würde nicht wehtun, und das hat es auch nicht«, sagte Daniel kleinlaut. »Mir geht's gut. Ich fühl mich ein bisschen komisch, aber mir geht's gut.«

»Dein Körper wird gerade von einem Dämon in Besitz genommen«, erinnerte Phoebe ihn.

»Das verstehst du nicht. Indar braucht meine Hilfe, so wie ich seine gebraucht habe«, widersprach Daniel. »Er muss einen Liebeszauber ausführen. Er möchte, dass seine wahre Liebe zu ihm zurückkehrt.«

Phoebe verdrehte die Augen. »Warum solltest du einen menschlichen Körper benötigen, um einen Liebeszauber auszuführen?«, fragte sie Indar. »Dafür gibt es keine Vorschrift.«

»Bist du sicher?«, fragte er.

»Allerdings.« Sie kreuzte die Arme vor der Brust und wartete.

Indar kaute auf seiner Unterlippe und sann offensichtlich über die Ausrede nach, die er ihr auftischen wollte.

»Warte mal, es gibt keine Vorschrift?«, fragte Daniel mit seiner gruseligen Dämonenstimme. »Na klar gibt es eine

Vorschrift. Indar hat mir alles darüber erzählt. Seine wahre Liebe ist ein Mensch, und deshalb muss er auch menschlich sein.«

»Genau«, fiel Indar ein. »Natürlich nur während des Zaubers. Das ist so wie mit den Äpfeln und den Birnen. Ich kann es nur dann als Dämon machen, wenn auch meine Geliebte ein Dämon ist.«

»Aber wenn du den Zauber in menschlicher Gestalt durchführst, wird sie dich in deiner dämonischen Gestalt lieben?«, fragte Phoebe misstrauisch.

»Genau.« Er lächelte breit. »Du bist genauso klug, wie Daniel immer erzählt hat. Ich bin so froh, dass ihr beide versucht, eure Beziehung wieder in den Griff zu kriegen.«

Phoebe wurde von einer Welle des Ekels überflutet, als sie merkte, was Indar gerade tat. Er versuchte sie mithilfe der Macht von Daniels Stimme zu beeinflussen. Sie öffnete den Mund, um Indar klarzumachen, dass das nicht funktionieren würde, doch dann hielt sie inne. Was auch immer Indar wirklich geplant hatte, sie wusste, dass es nichts mit einem Liebeszauber zu tun hatte. Aber um sich Klarheit zu verschaffen, tat sie am besten so, als glaube sie ihm.

Sie blickte sich auf der Lichtung um. Das Feuer sah wieder ganz normal aus, jetzt, da der Körpertauschzauber vorbei war. Es prasselte und brannte mit einem fröhlichen orangefarbenen Glühen. Leider bedeutete das auch, dass die Flammen nicht mehr so hoch aufschlugen und der Wald um sie herum in tiefe Dunkelheit getaucht war. Sie konnte ihre Schwestern nirgends sehen.

»Warum sollte ich dir trauen?«, fragte sie mit erhobener Stimme, damit Piper und Paige sie hören konnten, falls sie in der Nähe waren. »Schließlich bist du ein Dämon.«

»Ich hab's dir doch die ganze Zeit immer wieder gesagt: Er ist ein guter Dämon«, mischte sich Daniel ein. »Er hat nur Pech in der Liebe. Er will auch nur mit der Frau seiner Träume glücklich werden.«

»Genauso ist es«, stimmte Indar zu. »Außerdem bist du sehr mächtig, Phoebe. Daniel hat mir erzählt, dass du eine Hexe bist. Also musst du wissen, dass ich keine Bedrohung für dich darstelle. Sieh mich doch an.« Er zeigte auf Daniel, der zu einem kleinen, violetten Bündel zusammengerollt auf der Bank hockte. »Ich bin winzig klein. Ich bin ein Feigling. Ich habe keinerlei Kräfte außer zur Selbstverteidigung. Meine einzige Begabung besteht darin, zu verschwinden, wenn ich in Gefahr bin.«

»Und im Reden«, warf Daniel ein. »Du solltest dein Licht nicht unter den Scheffel stellen. Du hast Ahnung, wie man mit Frauen redet. Ich wünschte, ich hätte dein Talent.«

Phoebe musste ein Stöhnen unterdrücken. Der arme, süße Daniel raffte es immer noch nicht. Alles, was er tun musste, um eine beliebige Person auf dieser Welt zu verführen, war, seinen Mund zu öffnen. Seine magische Stimme besorgte den Rest. Aber er glaubte immer noch felsenfest daran, dass Indar ihm geholfen hätte. Damit lösten sich ihre Zweifel an ihm endgültig in Luft auf. Er war tatsächlich unschuldig. Er war wirklich davon überzeugt, dass dieser doppelzüngige Dämon sein Freund und darüber hinaus ein guter Kerl war.

Sie musste Daniel beschützen – vor Indar und vor seiner eigenen Naivität.

»Bitte, Phoebe, lass Indar doch seinen Liebeszauber ausführen«, bat Daniel. »Er hat seinen Teil der Abmachung eingehalten – er hat mir gezeigt, wie ich mit dir reden muss. Ich weiß, dass längst nicht alles perfekt gelaufen ist, aber ich habe immerhin einige Zeit mit dir verbracht, und das ist es mir wert. Ich schulde ihm was.«

Phoebe sah sich erneut um. Sie konnte Piper und Paige immer noch nicht sehen, aber sie wusste, dass sie irgendwo da draußen im Wald waren. Sollte sie Hilfe brauchen, würden sie zur Stelle sein.

»Okay«, sagte sie laut. »Dann leg mal los mit deinem Zauber.« Sie setzte sich neben Daniel. Falls Indar versuchte, ihm etwas anzutun, musste sie ihn beschützen. Aber ihr Gefühl sagte ihr, dass es nicht Daniel war, hinter dem der Dämon wirklich her war.

Indar sprang von seiner Bank hinunter und hob die Arme zum Himmel empor. Seine Augen funkelten vor Erregung, als er seinen Zauberspruch aussprach:

Du löst die Bande, blauer Mond,
Macht der Drei – ist jetzt frei.
All mein Streben wird belohnt,
Macht der Drei – steht mir bei.

Triumphierend wandte sich Indar zu Phoebe um. »Jetzt bin ich im Besitz deiner Kräfte, Hexe!«, frohlockte er. »Und der deiner Schwestern. Und Daniels.«

Daniel fuhr auf. »Was hast du gemacht? Das war doch kein Liebeszauber. Wie kannst du es wagen, Phoebe und ihre Familie anzugreifen!«

Indar lachte nur. »Du bist wirklich erbärmlich«, sagte er. »Du verstehst es immer noch nicht. Ich habe deinen Körper, und damit habe ich deine Macht. Und jetzt verfüge ich auch noch über die Macht der Drei. Niemand kann mich mehr aufhalten. Ich bin der stärkste Hexer, der je gelebt hat – und das alles verdanke ich bloß dir, du elender kleiner Jammerlappen. Du gehörst in diesen Körper. Du bist genauso feige und nutzlos wie er.«

Daniels gelbe Augen weiteten sich, als er die Wahrheit endlich kapierte. Phoebe spürte, wie er vor Entsetzen neben ihr erstarrte, und bekam Angst, er könnte in Ohnmacht fallen.

»Es ist an der Zeit, mich um dich zu kümmern, Hexe.« Indar hob die Arme und blickte Phoebe wütend an. »Hast du dich schon mal gefragt, wie es sich anfühlt, wenn man von einem Feuerball getroffen wird?«, fragte er. »Oder soll ich dich vielleicht lieber erstarren lassen? Oder sollte ich die Kräfte mal ganz anders einsetzen – zum Beispiel deinen Kopf von deinem Körper wegorben? Ich wette, dass deine Schwester noch nie auf eine solche Idee gekommen ist.«

»Das stimmt. Aber das liegt nur daran, dass ich keine Psychopathin bin«, sagte Paige und trat aus dem Wald heraus.

Indar fuhr überrascht zusammen.

»Du solltest es aber mal probieren«, fügte Piper hinzu, die auf der anderen Seite der Lichtung aus dem Dunkel trat. »Wollen doch mal sehen, ob du tatsächlich über all die Kräfte verfügst, die du zu besitzen glaubst.«

Indars Augen glitten argwöhnisch zwischen ihnen hin und her.

Phoebe trat in die Lücke zwischen ihren Schwestern. »Hast du wirklich geglaubt, wir würden zulassen, dass die Macht der Drei heute gebrochen wird?«, fragte sie.

»Der blaue Mond hat euch verletzlich gemacht«, brüllte Indar. Aber in seiner Stimme lag Zweifel.

»Dann mach schon, lass mich erstarren«, forderte Phoebe ihn heraus. »Wirf einen Feuerball. Na los!«

Mit vor Hass glühenden Augen hob Indar den Arm und schwang ihn in Phoebes Richtung. Sie zwang sich, nicht zurückzuschrecken.

Nichts passierte.

Phoebe spürte, wie Erleichterung sie durchströmte. Paiges Kraft besaß er offensichtlich nicht. Grams hatte also Recht gehabt – solange sie zusammen waren, war die Macht der Drei sicher.

Indar heulte vor Enttäuschung laut auf und ließ seinen Arm noch einmal nach vorne schnellen.

Wieder passierte nichts.

»Du hast aber auch nicht die richtige Technik drauf.« Paige ging ein paar Schritte zur Seite, sodass Indar zwischen ihr und Piper in der Falle steckte. »Ich werde dir mal zeigen, wie man das macht.«

Sie hob ihren Arm, um einen Feuerball auf ihn zu schleudern, der ihn ein für alle Mal töten würde.

Aber Daniel schrie entsetzt auf. »Nein!«, kreischte er. »Du darfst ihn nicht vernichten – er steckt immer noch in meinem Körper!«

13

»Paige, nicht!«, rief Phoebe.

Paige zögerte. Indar nutzte den Augenblick der Verwirrung aus und rannte davon. Er flüchtete durch die Bäume zurück zum Hotel.

Piper hob sofort die Hände und ließ ihn mitten im Lauf erstarren. »Also gut, was ist hier los?«, fragte sie. »Wir konnten euch durch die Bäume sehen und haben auch teilweise mit angehört, was ihr gesagt habt, aber alles haben wir leider nicht mitbekommen.« Sie blickte Daniel mit finsterer Miene an. »Was ist mit dem Zwerg hier?«

»Das ist Daniel«, erklärte Phoebe. »Er und Indar haben mithilfe eines Zaubers die Körper getauscht.«

»Dann stecken sie also doch unter einer Decke«, sagte Paige. »Sollten wir sie dann nicht beide vernichten?«

»Nein. Wir dürfen Daniels Körper nicht verletzen«, antwortete Phoebe. »Daniel ist ein Unschuldiger, da bin ich sicher. Er hatte keine Ahnung, worauf er sich einließ.«

»Ich dachte, das wäre nur vorübergehend«, erklärte Daniel niedergeschlagen. »Indar meinte, er würde sich meinen Körper nur kurz für einen Liebeszauber ausleihen.«

»Und das hast du ihm abgenommen?« Paige schnaubte.

»Ich schätze, ich muss noch eine Menge über die Zauberei lernen«, antwortete Daniel geknickt. »Gibt es denn überhaupt keine guten Dämonen?«

»Nicht wirklich«, sagte Phoebe. »Darum nennt man sie ja auch *Dämonen.*«

»Ich kann nicht fassen, dass ich so ein Idiot war«, murmelte er. »Ich hab alles vermasselt.«

»Daniel, du musst dich jetzt zusammenreißen«, verlangte Piper. »Wir müssen Indar vernichten, und das heißt, dass wir dich wieder in deinen Körper und ihn in seinen Körper verfrachten müssen. Kannst du dich noch an den Zauber erinnern, den er für den Tausch verwendet hat?«

»Nein, ich habe leider nicht aufgepasst«, sagte Daniel. »Ich wollte nur, dass er sich beeilt, damit alles schnell vorbei ist und ich ins Hotel zurückkehren und mit Phoebe in das Café am See gehen könnte. Indar sagte, es würde nur ein paar Minuten dauern.«

»Ja klar, zwei Minuten, um dir deinen Körper zu stehlen, zwei Minuten, um uns unsere Kräfte zu stehlen«, sagte Paige. »Mehr brauchte er nicht.«

»Der Plan war gar nicht mal schlecht«, merkte Phoebe an. »Die Kräfte von vier Hexen in einer Person vereint.«

»Aber zum Glück wart ihr drei so klug, das rechtzeitig herauszubekommen«, sagte Daniel. »Ich hab meine Kraft einfach so herausgegeben. Von meinem Körper gar nicht zu reden.«

»Wir haben aber auch sehr viel mehr Übung«, tröstete Paige ihn. »Du wirst schon noch dahinterkommen.«

»Gibt es irgendeinen allgemeingültigen Zauber für einen Körpertausch?«, fragte Piper. Sie blickte kurz zu Indar hinüber, der sich wieder zu regen begann. Er schaffte es, einen Schritt weiter zu fliehen, bevor Piper ihn wieder erstarren ließ.

»Ich hab keine Ahnung«, sagte Phoebe. »Wie sollen wir das jetzt rauskriegen?«

Die Lichtung wurde von weißem Licht erfüllt, als Leo mit Wyatt im Arm erschien. Als er Daniel in Indars Körper erblickte, drückte er das Baby sofort an sich.

»Ist schon in Ordnung, das ist unser Unschuldiger«, klärte Piper ihn auf. Sie streckte die Arme nach Wyatt aus. »Was macht ihr beide denn hier?«

»Ich wollte Wyatt gerade ins Bett bringen, als auf einmal ein magischer Wind aufkam«, erklärte Leo. »Er wehte durchs ganze Haus und hörte dann auf. Also dachte ich mir, ich sollte besser mal nachsehen, wie es euch geht.«

»Du meinst, du bist wegen uns hier?«, fragte Piper. »Um uns zu helfen?«

»Ich bin euer *Wächter des Lichts.* Ich werde immer für euch da sein, wenn ihr mich braucht«, antwortete Leo. Er warf einen Blick auf Daniel und den erstarrten Indar. »Alles unter Kontrolle?«

»Das kommt drauf an«, sagte Piper. »Kennst du dich mit dem Tauschen von Körpern aus?«

»Ich muss meinen Körper wiederbekommen«, mischte sich Daniel ein. »In dem hier bekomme ich langsam Platzangst.«

Leo runzelte die Stirn. »Das ist ganz schön kompliziert. Die entsprechenden Zaubersprüche sind berüchtigt dafür, unzuverlässig zu sein. Ich bin ziemlich überrascht, dass Indar überhaupt Erfolg damit hatte.«

»Er ist eigentlich gar kein besonders mächtiger Dämon«, sagte Phoebe. »Seltsam, dass ihm das gelungen ist.«

»Der blaue Mond«, warf Paige ein. »Magische Bande werden geschwächt, wisst ihr nicht mehr? Unsere Bande untereinander. Daniels Bindung an seinen Körper.«

»Dazu kommt noch, dass Daniel freiwillig mitgemacht hat«, ergänzte Piper. »Also musste Indar keinerlei Hindernisse überwinden.«

»Ich fürchte, das ist die Erklärung.« Leo runzelte nachdenklich die Stirn. »Wir haben immer noch blauen Mond – Indars Bindung an den Körper wird also nicht allzu stark sein. Aber er wird darum kämpfen, in Daniels Körper zu bleiben. Ich weiß nicht, wie wir ihn da rausholen sollen, nicht einmal mit einem Zauber.«

»Auf den alten Trick, dass wir ihn uns bloß eben mal ausleihen wollen, wird er vermutlich nicht reinfallen, oder?«, fragte Phoebe.

»Jedenfalls nicht, wenn er nicht genauso dämlich wie ich ist«, sagte Daniel. »Wenn er bloß zusammen mit meinem Körper auch meine Leichtgläubigkeit übernommen hätte.«

»Wenn er bloß nicht deine magische Stimme mitsamt deinem Körper übernommen hätte«, fügte Phoebe hinzu. »Dann könntest du ihn dazu überreden, den Zauber rückgängig zu machen.«

»Das ist gar nicht so schwer«, warf Leo ein. »Wir holen uns die Stimme einfach zurück.«

Alle starrten ihn an.

»Wie bitte?«, fragte Phoebe.

»Die Stimme ist Daniels Zauberkraft, stimmt's?«, fragte Leo.

»Ja«, sagte Paige. »Wieso?«

»Die Kraft gehört ihrem Eigentümer«, erwiderte Leo. »Wenn man jemandem den Körper raubt, dann handelt es sich tatsächlich lediglich um den Körper. Nicht um die Seele. Die Kraft gehört aber zur Seele.«

»Aber Indar hat Daniels Stimme. Das habe ich selbst gehört«, widersprach Phoebe.

»Und ich habe seine«, bekräftigte Daniel mit krächzender Dämonenstimme.

»Hat Indar in seinem Körpertauschzauberspruch irgendetwas von deinen magischen Kräften erwähnt?«, fragte Leo.

Daniel schüttelte seinen schuppigen Kopf. »Daran würde ich mich erinnern. Das hätte ich wohl doch seltsam gefunden, weil er meinen Körper doch nur für kurze Zeit benutzen wollte.«

»Ich nehme an, ihr habt eure Stimmen nur deshalb getauscht, weil ihr es nicht besser wusstet«, vermutete Leo. »Wenn ihr Drei den elementaren Zauberspruch anwendet, der die magische Kraft einer Hexe herbeiruft, sollte sie ohne Probleme zu Daniel zurückkehren.«

»Und was dann?«, fragte Piper, die Indar ein weiteres Mal erstarren ließ, als er sich wieder zu bewegen begann.

»Dann liegt alles Weitere an Daniel«, sagte Phoebe und drehte sich zu ihm um.

»W-was?«, krächzte Daniel.

»Wenn du dich nicht die ganze Zeit so hartnäckig geweigert hättest, der Wahrheit ins Auge zu blicken – dass du magische Fähigkeiten hast –, dann wäre das alles nicht passiert«, sagte Phoebe. »Es ist deine Kraft. Sie gehört zu dir. Und du wirst sie benutzen müssen.«

»Aber ich weiß doch gar nicht, wie«, protestierte er. »Ich kann es ja immer noch nicht glauben. Ich weiß, du erzählst mir immer wieder, dass ich über magische Macht verfüge, aber ich schaffe es ja noch nicht mal, ein ganz normales Gespräch mit dir zu führen, Phoebe.«

Sie nahm Daniels Klaue in ihre Hand und sah ihm direkt in die Augen. »Das stimmt doch gar nicht. Wir beide haben uns schon oft unterhalten, und du machst das richtig gut, ganz auf dich allein gestellt. Indar hat dir überhaupt nicht geholfen. In Wahrheit warst ganz allein du es, der sich die ganze letzte Woche über mit mir unterhalten hat, noch dazu ohne die Unterstützung deiner magischen Kraft.«

»Was meinst du damit?«

»Wir haben mit einem Zauberspruch dafür gesorgt, dass deine Stimme keinerlei Auswirkungen mehr auf uns hat«, warf Piper ein. »Wir konnten schließlich nicht zulassen, dass deine Stimme uns weiterhin manipulierte, solange wir nicht wussten, ob du gut oder böse bist.«

Daniel gelang es, sogar durch die hässliche Fratze des Dämons verletzt auszusehen. »Ihr dachtet, ich sei böse?«

»Wir konnten einfach nicht sicher sein«, sagte Phoebe. »Du hast mich schließlich davon abgehalten, einen Dämon zu vernichten.«

»Also das ganze Wochenende ... während wir hergefahren sind, und dann beim Abendessen ... hatte meine Stimme überhaupt keine Macht über dich?«

»Nicht die geringste«, antwortete Phoebe. »Und du hast dich wacker geschlagen.«

»Indar hat mir vorgegeben, was ich sagen soll«, beharrte Daniel düster. »Er hat mir sogar Sachen aufgeschrieben, die ich auswendig lernen sollte.«

»Daniel, das wird jetzt vielleicht ein Schock für dich sein, aber ich konnte genau unterscheiden, wann du geredet hast und wann der Dämon aus dir gesprochen hat«, entgegnete Phoebe. »Und mir ist es auf jeden Fall lieber, mich einfach mit dir zu unterhalten.«

Er blickte sie mit erstaunten Augen an.

Paige räusperte sich. »Äh, tut mir Leid, wenn ich euch störe, aber da wäre dieser erstarrte Dämon in Daniels Körper, und wir wissen immer noch nicht, was wir mit ihm anstellen sollen.«

»Stimmt. 'tschuldigung. Hör mal, Daniel«, sagte Phoebe ernst, »wir werden dir deine magische Kraft wiederholen, aber danach bist du auf dich allein gestellt. Du hast deinen Körper einem Dämon überlassen, und da ist es deine Aufgabe, dich darum zu kümmern, dass du ihn wiederbekommst.«

»Aber wie?«

»Das musst du eben herausfinden. Du verfügst über große Macht, und wenn du sie akzeptierst, dann müsste es dir möglich sein, Indar zu allem zu überreden, was du willst. Aber dafür musst du an dich selbst glauben. Sonst funktioniert es nicht.«

»Sind wir bereit für den Zauberspruch?«, fragte Piper und übergab Wyatt wieder an Leo.

Phoebe nickte und trat zu ihren Schwestern ans Feuer. Zusammen sagten sie feierlich:

Mächte der Hexen, wo immer ihr seid,
Wir rufen euch, es ist an der Zeit.
Lasst euch hier nieder und zögert nicht,
Lasst euch hier nieder, es ist eure Pflicht.

Im selben Moment loderte das Feuer hoch auf und sandte blaue Flammen in den Himmel, während der Duft von Geißblatt die Luft erfüllte. Indar erwachte aus seiner Erstarrung und rannte noch ein paar Schritte weiter, bevor er plötzlich würgen musste und auf die Knie fiel. Zur selben Zeit fasste sich Daniel an die Kehle, als ob er keine Luft mehr bekäme. Seine gelben Augen waren vor Entsetzen weit aufgerissen.

»Das sieht aber gar nicht gut aus«, murmelte Paige.

Phoebe streckte einen Arm nach Daniel aus – und er entspannte sich wieder. Auf der anderen Seite der Lichtung war Indar zusammengebrochen und lag auf der Erde.

»Ich glaube, es hat funktioniert«, sagte Daniel. Die Stimme war tief und klangvoll, es war die kraftvolle Stimme, die Phoebe zuerst auf der Museumsgala gehört hatte.

Indar richtete sich verwirrt auf dem Waldweg auf. »Was ist passiert?«, fragte er mit der dünnen, piepsigen Stimme des Dämons.

»Wir haben Daniels Stimme zurückgeholt«, klärte Phoebe ihn auf. »Und jetzt wirst du ihm auch auf der Stelle seinen Körper zurückgeben.«

Indar richtete sich wieder auf. »Das glaube ich eher nicht. So habe ich wenigstens etwas von diesem Handel. Bis bald, du Versager«, rief er Daniel zu. Mit diesen Worten drehte er sich um und schlenderte gemächlich den Weg entlang.

Piper hob die Hände, um ihn erstarren zu lassen.

»Nein!«, riefen Paige und Leo zugleich.

»Daniel muss das jetzt selbst in die Hand nehmen«, sagte Paige.

Daniel schien kurz vor einer Panikattacke zu stehen.

»Halt ihn auf!«, beschwor Phoebe ihn.

»Stopp!«, quietschte Daniel mit sich überschlagender Stimme.

Indar blieb stehen.

Phoebe hielt den Atem an. Wird er auf die Kraft in Daniels Stimme reagieren?, fragte sie sich. War es möglich, dass Daniels Stimme über derartig starke Magie verfügte, dass sie seinen kompletten Mangel an Selbstbewusstsein ausgleichen würde?

Indar wirbelte herum und ging langsam auf Daniel zu. Daniels blaue Augen leuchteten aus seinem wütenden Gesicht, und seine Gesichtszüge waren zu einer angewiderten Grimasse verzogen.

Ich schätze nein, dachte Phoebe. Daniel – in Indars Körper – wich langsam zurück, versuchte zu entkommen.

Indar trieb ihn vor sich her bis zu einer der Holzbänke, sodass Daniel in der Falle saß. Daniels hochgewachsener schlanker Körper überragte den kleinen, violetten Dämon. Außer sich vor Angst sank Daniel auf die Bank.

»Was hast du denn jetzt vor, Daniel? Willst du mit mir um deinen Körper kämpfen?«, fragte Indar von oben herab. »Ich weiß, zu was dieser Körper fähig ist, oder hast du das vergessen? Zu gar nichts. Außer wegzulaufen und sich zu verstecken. Oder zu verschwinden.«

»Du kannst meinen Körper nicht behalten«, wimmerte Daniel. »Das ist nicht fair.«

»Oh, warte mal«, fuhr Indar mit höhnischer Stimme fort. »Du weißt ja noch nicht mal, wie du verschwinden kannst, hab ich Recht?«

»Das läuft nicht allzu gut«, bemerkte Piper leise.

Phoebe rang die Hände. Warum saß Daniel einfach bloß da und ließ sich das alles gefallen? Warum vertrat er nicht kraftvoll seine Interessen?

»Ich schätze, du gibst einen noch lahmeren Dämon ab, als ich es war«, meinte Indar kopfschüttelnd. »Bis dann.«

Er drehte sich um, blieb aber gleich wieder stehen und musterte Phoebe von oben bis unten. »Na, was ist? Willst du deinem kleinen Freund nicht helfen?«

»Nein«, erwiderte Phoebe. »Er braucht meine Hilfe nicht. Er ist auf sich alleine gestellt stärker als du.«

»Das hättest du wohl gerne!« Indar drückte sich an ihr vorbei und ging auf den Weg zu.

Phoebe wirbelte herum und starrte Daniel auffordernd an. »Tu irgendetwas!«, schnauzte sie ihn an. »Dieser Idiot zieht da gerade mit deinem Körper ab. Mit deinem Leben! Willst du ihn etwa einfach davonkommen lassen?«

»Ich weiß aber nicht, was ich machen soll«, rief Daniel aus. »Schließlich kann ich ihn nicht einfach darum bitten, mir meinen Körper zurückzugeben.«

»Warum nicht?«, fragte Phoebe. »Als wir zusammen im Einkaufszentrum waren, hat da nicht auch jeder getan, was du wolltest?«

»Das war etwas anderes.«

»Da hast du Recht. Das hier ist nämlich viel wichtiger«, nickte Phoebe. »Daniel, du möchtest der schüchterne, nette Typ bleiben, den niemand beachtet. Tja, das bist du aber nicht und warst es auch nie. Du bist ein mächtiger Hexer. Daran kannst du nichts ändern. Und jetzt *benutze deine Macht*!«

»Indar ist schon fast verschwunden«, sagte Paige nervös. »Wir dürfen ihn nicht entkommen lassen – wir müssen ihn vernichten.«

»Nein!«, schrie Daniel. »Ihr dürft meinem Körper nichts tun!«

»Dann halte ihn auf«, rief Phoebe. »Es liegt bei dir.«

»Halt!«, rief Daniel.

Indar ignorierte ihn.

»Ich sagte Halt!«, schrie Daniel. »Sofort!«

Indar blieb stehen.

Daniels Augenbrauen schossen verblüfft nach oben. »Bring mir auf der Stelle meinen Körper wieder her«, sagte er, diesmal mit deutlich mehr Selbstsicherheit.

Indar drehte sich um, seine Bewegungen schienen seltsam abgehackt, so als kämpfte er gegen seine eigenen Muskeln an.

»Ich will meinen Körper zurückhaben«, sagte Daniel.

»Nein«, stieß Indar zwischen zusammengebissenen Zähnen hervor.

»Du hast mich angelogen«, fuhr Daniel fort. »Du hast behauptet, mein Freund zu sein. Du hast einen Handel mit mir abgeschlossen, aber es war alles bloß eine Lüge. Du hattest niemals vor, mir meinen Körper zurückzugeben, und du wolltest bloß, dass Phoebe und ich zusammenkommen, weil du sie und ihre Familie angreifen wolltest. Du bist böse.«

Indar lauschte gebannt Daniels magischer Stimme. Phoebe sah die Verwirrung in seinen Augen. Sie wusste genau, wie er sich fühlte – er wollte gegen Daniel ankämpfen, aber er konnte es nicht. Er wollte glauben, dass Daniel Unrecht hatte, aber er konnte es nicht.

Daniels magische Kraft tat ihre Wirkung.

»Ich war so freundlich, dir meinen Körper auszuleihen«, fuhr Daniel fort. »Und jetzt will ich ihn zurück.«

Es folgte eine lange Pause. Dann nickte Indar. »Okay.«

Phoebe atmete erleichtert aus. Ihr war gar nicht bewusst gewesen, dass sie die Luft angehalten hatte. Daniel sah sie an.

»Was jetzt?«, wollte er wissen.

»Ähm, wir müssen herauskriegen, welchen Zauberspruch er benutzt hat«, antwortete sie.

»Indar, ich möchte, dass du den Zauberspruch wiederholst, denselben, den du benutzt hast, um unsere Körper zu tauschen«, sagte Daniel.

»Okay«, gab Indar schlicht zurück. Dann kniete er sich auf die eine Seite des Feuers und gab Daniel mit einem

Wink zu verstehen, dass er sich auf der anderen niederlassen sollte.

Hört mein Rufen, ihr Mächte der Erde
Was mein ist, ist dein,
Was dein ist, ist mein,
Deine Gestalt die meine jetzt werde.

Während er sprach, färbte sich das Feuer erneut grün und violett, der Rauch wurde immer dicker und die Farben immer leuchtender, bis er den Zauberspruch zu Ende gesprochen hatte.

Daniel und Indar fielen rücklings um, beide wirkten benommen.

»Daniel?«, fragte Phoebe.

Daniels Körper wandte sich ihr zu, seine blauen Augen sahen sie an. »Ja.«

»Bist du es wirklich?«, fragte sie.

»Ich bin's.« Seine Stimme klang tief und voll, genau wie zuvor. Aber diesmal blickte er ihr in die Augen, was Daniel noch nie getan hatte.

»Nein, *ich* bin Daniel«, sagte der Dämon mit seiner dünnen Fistelstimme. »Er lügt. Schon wieder.«

»Na toll«, stöhnte Piper. »Woher sollen wir denn jetzt wissen, wem wir glauben sollen?«

»Ich hasse Zuckererbsen«, sagte derjenige, der in Daniels Körper steckte, wobei er nach wie vor unverwandt in Phoebes Augen blickte. »Meine Lieblingsfarbe ist ein helles Gelb. Mein Lieblingsfilm ist *Titanic*. Und meine Lieblingshunderasse ist der Labradoodle.«

»Ähm, ich glaube, ich kann da leider nicht ganz folgen«,

murmelte Paige. »Vielleicht ist ihnen der Tausch irgendwie aufs Gehirn geschlagen.«

Aber Phoebe spürte, wie sich ein breites Grinsen auf ihrem Gesicht ausbreitete. »Nein, Daniel erzählt mir einfach nur zur Abwechslung mal etwas über sich.«

»Und das ist das erste Mal, dass ich dich länger als fünf Sekunden ansehen konnte, ohne zusammenzuklappen«, fügte Daniel hinzu. »Das heißt, ohne Indars angebliche Hilfe.«

Phoebe lachte befreit auf. Sie ging zu ihm und umarmte ihn. »Willkommen zurück.«

»Danke.« Er zog sie an sich. »Danke, dass du an mich geglaubt hast.«

»Na ja, das war, bevor ich wusste, dass *Titanic* dein Lieblingsfilm ist«, spottete sie.

»He, Leute, Indar ist gerade verschwunden«, rief Paige.

»Was? Wo ist er denn hingegangen?« Piper suchte fieberhaft die Lichtung nach ihm ab.

Phoebe stöhnte auf. »Seine einzigen Kräfte sind defensiver Natur«, sagte sie. »Wenn er in Gefahr ist, verschwindet er einfach. Dann kann man ihn noch nicht einmal mehr spüren.«

»Indar, zeig dich!«, befahl Daniel. »Sofort!«

Indar erschien am Rande des Waldes, direkt hinter Leo und Wyatt.

»Du bleibst dort stehen«, wies Daniel ihn an. »Du rührst dich nicht von der Stelle, und du verschwindest nicht.«

Indar stand unbeweglich da.

»Danke«, sagte Piper. »Das ist aber eine ganz schön raffinierte Kraft, die du da hast.«

»Das finde ich langsam auch.« Daniel grinste.

»Also, vernichten wir das kleine Ungeheuer, und dann

nichts wie weg«, schlug Phoebe vor. Sie zog die Flasche mit dem Vernichtungselixier aus ihrer Tasche und machte sich bereit, sie auf den Dämon zu schleudern.

»Warte!«, schrie Paige. Sie zog eine andere Flasche hervor und warf sie direkt vor sich auf den Boden.

Krankheit verschwinde,
Gebannt seiest du!
Komm nie mehr zurück,
Lass uns in Ruh!

Um ihren Kopf stieg eine Art Nebel auf. Paige holte tief Luft – und lächelte. »Jetzt fühle ich mich schon viel besser. Und wie geht's dir, Indar?«

Indar nieste. Und gleich darauf nieste er noch einmal.

»Okay, jetzt kannst du ihn vernichten«, sagte Paige.

Phoebe warf den Zaubertrank und Indar verschwand in einer Wolke aus lavendelfarbenem Rauch.

14

»Ich dachte, wir könnten vielleicht ins *Absinthe* gehen, das Restaurant, das du ausprobieren wolltest«, schlug Daniel ein paar Tage später vor.

»Ich bezweifle allerdings, dass meine Reservierung noch gilt«, scherzte Phoebe. Sie manövrierte Daniel sanft aus der Reichweite einiger Teenager, die begonnen hatten, ihnen durch den Park zu folgen. Sobald er auch nur ›Entschuldigung‹ oder ›Danke schön‹ sagte, standen die Chancen gut, dass ihm irgendwer kilometerweit hinterherlief.

Daniel schien es gar nicht zu bemerken. Er hatte nur Augen für Phoebe. »Ich weiß, dass ich sehr unfreundlich reagiert habe, vor allem, wo du doch schon reserviert hattest«, sagte er. »Ich hatte halt den ganzen Abend verplant, samt Pizzamachen und Themen, über die wir uns unterhalten könnten und allem drum und dran. Ich hatte schon alles mit Indar geübt, und da konnte ich den Gedanken, improvisieren zu müssen, einfach nicht ertragen.«

»Und wie ist es jetzt?«, fragte Phoebe. Sie setzte sich auf eine der schmiedeeisernen Bänke, und Daniel ließ sich neben ihr nieder.

»Ganz ehrlich? Ich fühle mich immer noch ganz schön von dir eingeschüchtert«, gab er zu. »Auch wenn du mir immer wieder versicherst, dass ich mich nicht zum Affen mache, habe ich trotzdem das Gefühl, dass es so ist.«

»Tust du aber nicht. Vertrau mir. Du bist ein unglaublich süßer Typ, und nichts von dem, was du sagst, ist dumm oder peinlich.« Phoebe holte tief Luft. »Aber …«

»Aber?« Daniel war zusammengezuckt. »Aber ist niemals gut. Das hat mir Indar gesagt, und ich glaube, in diesem Fall hatte er Recht.«

»Ja«, sagte sie. »Es tut mir Leid. Du bist ein wunderbarer Mann, aber ich kann nicht länger mit dir zusammen sein.«

Daniel starrte auf seine Füße hinab. »Du magst mich nicht mehr, weil meine Stimme seit diesem Zauber keine Macht mehr über dich hat.«

»Daran liegt es nicht«, widersprach sie. »Obwohl, es stimmt schon, vermutlich lag es tatsächlich an deiner Stimme, dass ich mich so lange immer wieder mit dir getroffen habe. Aber das ist nicht der Grund.«

»Und woran liegt es dann?«, wollte er wissen.

»Daniel, du hast gerade etwas sehr Bedeutsames über dich herausgefunden«, sagte sie liebevoll. »Du brauchst Zeit, um dich an die Tatsache, dass du ein Hexer bist, zu gewöhnen. Du verfügst über eine gehörige Portion Macht, und das bedeutet Verantwortung. Du merkst es ja nicht einmal, wie du jeden, mit dem du redest, sofort in deinen Bann schlägst. Du hast jetzt eine Menge Einfluss auf die Menschen, und du musst lernen, wie du damit verantwortungsvoll umgehst.« Sie stupste seinen Arm an. »Du kannst doch nicht jeden Menschen, den du triffst, mit deiner Stimme einfach so um den kleinen Finger wickeln!«

»Das mache ich doch nicht mit Absicht«, protestierte er.

»Ich weiß. Das ist ja das Problem.« Phoebe lächelte ihn an. »Du wirst einmal ein großartiger Hexer sein. Du hast schon dabei geholfen, einen Dämon zu vernichten, und eines Tages wirst du eine starke Kraft des Guten auf der Welt sein.«

»Da hast du eindeutig mehr Vertrauen in mich als ich«, sagte er düster. »Und jetzt werden wir uns nicht einmal mehr sehen.«

»Ganz genau darum geht es ja«, fuhr sie fort. »Du brauchst mehr Selbstvertrauen. Eine Hexe, die sich nicht selbst vertraut, fällt Kreaturen wie Indar nur allzu leicht zum Opfer.«

Daniel seufzte. »Ich finde immer noch, dass du die faszinierendste Frau auf dem ganzen Planeten bist. Nur, um das mal festzuhalten.«

»Siehst du? Du brauchst den Zauber in deiner Stimme überhaupt nicht«, sagte Phoebe mit einem traurigen Lächeln. »Du bist auch so schon charmant genug.« Sie küsste ihn auf die Wange und stand auf. »Auf Wiedersehen, Daniel.«

»Hey, Lady. Sie sehen gut aus«, sagte Phoebe, als sie durch die Haustür kam. Piper legte gerade vor dem Spiegel in der Eingangshalle Lippenstift auf und sah in ihrem purpurroten Kleid und den hochhackigen Schuhen einfach fantastisch aus.

»Danke. Ich habe mir für diesen Anlass extra ein neues Outfit gekauft«, erklärte Piper.

»Schließlich feiert man ja nicht jeden Tag seinen Hochzeitstag«, warf Leo ein. Er stellte sich hinter Piper und schlang einen Arm um ihre Taille.

»Mit zwei Wochen Verspätung«, fügte Piper hinzu.

Phoebe lachte. »Ich bin froh, dass ihr beide jetzt endlich Gelegenheit für ein bisschen Romantik habt.«

»Dank Paiges weisen Worten«, erinnerte Leo.

»Ich hoffe nur, das steigt mir jetzt nicht zu Kopf«, sagte Paige. Sie kam gerade mit Wyatt auf dem Arm aus der Küche. »Ich bin jedenfalls froh, dass ich Kerria zur Vernunft bringen konnte.«

»Die Ältesten waren von Paige dermaßen beeindruckt, dass sie ihr ihren eigenen Schützling anvertraut haben«, erzählte Leo Phoebe.

»Jawohl! Du stehst hier vor einer *Wächterin des Lichts*, die einem neuen Hexer zugeteilt wurde«, sagte Paige. »Daniel Lemond.«

Phoebe schnappte nach Luft. »Du bist Daniels Wächterin?«

»Das bin ich.« Paige grinste. »Und ich freue mich schon darauf. Weißt du, ich glaube, dass Daniel ein guter Hexer wird, wenn er seine magischen Kräfte erst einmal voll und ganz akzeptiert hat. Er braucht nur noch ein kleines bisschen Selbstvertrauen.«

»Das ist wohl wahr«, stimmte Phoebe zu. »Obwohl ich denke, dass er sich in dieser Beziehung schon gebessert hat.«

»Und wer weiß?«, sagte Paige. »Gebt mir ein paar Monate mit ihm, dann wird vielleicht tatsächlich noch der perfekte Mann für dich aus ihm, Phoebe. Und dieses Mal wirklich!«

Close Up
BIG IN POSTERS, SHIRTS & MERCHANDISE
TOKIO HOTEL
KILLER PILZE
JOHNNY
O.C., CALIFORNIA
CARRIBEAN DREAM
BAMBIS MAMA
Bei Close Up findest du eine riesige Auswahl an Postern, Shirts, Postkarten, Fanartikeln, Blechschildern, Spiegeln und vielem mehr!
Gleich Gratis-Katalog anfordern!
www.closeup.de
E-mail: closeup@closeup.de
Hotline: 01805/7570-102 0,12€/Min dtms
Bitte jeweils Stichwort „VGS“ angeben.
Close Up • Zeppelinstr. 41 • D-73760 Ostfildern